神様たちの拠り所

—街角デリ美味コンビニエンス—

日向唯稀

二見サラ文庫

Illustration　鈴木次郎
本文*Design*　若杉葉子

CONTENTS

本作品の内容はすべてフィクションです。
実在の人物、団体、事件などにはいっさい関係ありません。

プロローグ

この国には八百万《やおよろず》の神がいる。

太陽、月、あらゆる自然現象から家のトイレにまで。

それだけいたら、人の盲信によって誕生した神がいても不思議はない。

そもそも信仰とは、信じることから始まる。

信じないだけならまだしも、考えることさえ拒絶する者の中では、神も生まれようがないのだから――。


「「いらっしゃいませ」」

「うい～す」

「ピンポーン」という自動扉の開閉音のあとに、男性店員二名と客の声がした。

ここは大都会の駅近コンビニエンスストア。

この店舗付き住宅は、三柱《みはしら》の神の拠《よ》り所だ。

（うへっ。こんな明け方に酔っ払いリーマンかいな？　終電逃して、仕方なく始発待ちで飲んでた口か？）

一柱《ひとはしら》は、何やらあやしい似非《えせ》関西なまりのおっさんっぽい神。

（いや、あの目は正気のようじゃが）

一柱は、年季の入った長老風の神。

（そうしたら酔ったふりですか？　どうしてそんなことを）

一柱は、好青年の印象がある神。

それぞれ個性がはっきりしている。

だが、こんな彼らがなぜ明け方に店内の様子を窺《うかが》っているかと言えば――。

（……あ！　商品をカゴに入れず、ポケットへ入れようとしてます！）

（よっしゃ！　わいに任しとき！　ここは落としても壊れん、トイレットペーパーでアタックや～っ）

ここのところ店主が嘆いていた万引き被害を食い止めると共に、今後同じ人物が二度と店に来ないようにするためだ。

「うわぁっ！」

酔っ払いを装った男は、突然目の前の棚から飛んできた期間限定・干支柄《えと》の個包装トイレットペーパーに驚いて声を上げた。

「あ、大丈夫ですか！　こちらで片付けますので、お客様はレジへどうぞ」

「いや……、もういい。買う気が失《う》せた。帰る」

ポケットに入れようとしていた整髪剤を棚に戻し、逃げるように去っていく。

「すみません。またのお越しをお待ちしております」

真相など知る由もないレジ前の店員は、丁寧に見送った。

一方、声が上がると同時にレジから飛び出したもう一人の店員は、床に落ちた品を確認し、すぐに拾い上げる。

「――？　整髪剤はともかく、トイレットペーパーが落ちるなんて珍しいな」

「え？　きっちり詰めて陳列してたのに？　もしかしたら、お客さんが落としたんじゃないですか？　ちょっと酔っ払っていたみたいだし」

「ああ。そうかもな」

トイレットペーパーを拾った店員はふと覚えた違和感を解決すると、棚の乱れを直してレジへ戻った。

この様子に神たちは、無事に目的を果たせたことに安堵《あんど》する。

（セーフでしたね。防犯カメラの死角で盗《と》っていく常習犯もいるので、気が気ではないですよね）

（ふむ。悪いことをすれば、因果応報で必ず自分に返ってくるのにのぉ）

そう言う、二柱《ふたはしら》の神もただ見ていたわけではなかった。

おっさん神がトイレットペーパーを飛ばして男を驚かしたところへ、長老神は「ほれほれ、見ておるぞ～。盗ったら子々孫々まで呪《のろ》うぞ～。いっひっひっひっ～」と囁《ささや》きかけて、好青年神は相手が店を出たところで、生温かい風を首元に吹かして「二度と来るな」と告げていた。

万引きを未然に食い止めただけでなく、脅しという追い打ちをかけることで、しっかり出禁を言い渡していたのだ。

（ほんま！　店のもんはわいらにとっても、住居費や飯の種になるもんや。誰が勝手に持っていかせるっちゅうねん！　金払え！　わいらが上からここに下りてくるんだって、労力使うんや）

（そうじゃな～。なんなら賽銭《さいせん》も置いていってほしいくらいじゃからのぉ～。ほっほっ）

（――ですよね。あ、そろそろ蒼太《そうた》殿が起きる時間ですよ。あとは僕が見張っておきますから、お二人は先に上がられてください）

（おう。では、お言葉に甘えるとしよう）

（おおきに！　ほな、お先～っ）

会話している間にも、時間は過ぎていく。

（はい）

二柱の神はあとを任せると、店から住居に戻っていったのだった。

1

社《やしろ》蒼太《そうた》は久しぶりにあの夢を見た。

それは男児が床《とこ》の間《ま》の柱に顔を伏せて、覚えたばかりの遊戯をしているものだ。

〝だ・りゅ・ま・しゃ・ん・が・こ・りょ・ん・だ！〟

「転んだ」の言葉と同時に、パッと振り返る。

すると、男児の視界では、おもちゃ箱から飛び出してきたクマやウサギの縫いぐるみ、ブリキのロボットやミニカーがピタリと止まる。

何も動いていない。

男児はもう一度前を向き、顔を伏せた。

〝だ・りゅ・ま・しゃ・ん・が・こりょんだ！〟

先ほどより早く振り返ると、止まりきれなかったロボットが畳の縁に躓《つまず》いて前のめりに揺らいだ。

〝あ！　りょぼたん、うごいた〜〟

指をさして、飛び跳ねて、〝わーいわーい〟と大はしゃぎ。

そんな姿を見たロボットも、頭をかきながら嬉《うれ》しそうだ。

――と、ここで〝おやつよ〟と母親の声がする。

〝おやちゅ！〟

男児は喜び勇んで床の間から声のする階下へ向かおうとし、ロボットたちもそのあとを追いかける。

〝――あっ‼〟

だが、勢いがよすぎたためか、男児が階段を踏み外した。

〝危ない！〟

声がしたと同時に、ロボットやクマ、ウサギやミニカーが飛び出し、ドン――と踊り場で落下音が響く。

〝――何⁉　どうしたの！〟

母親が声を荒らげた頃には、男児は踊り場に転がっていたが、身体の下にはウサギやクマなどが敷かれていて、怪我はない。

ただ、落ちた衝撃で、ブリキのロボットが壊れてしまった。

胴体は潰《つぶ》れ、手足の一部は外れてしまい、無残な姿になっている。

〝あっ！　りょぼたんっ。りょぼたん――っっっ〟

男児が声を上げて拾い上げると、更に潰れた胴体から下肢が外れてボトッと落ちた。

〝りょぼ―― うわ～んっっっ〟

もはや男児はパニック状態に陥り、ウサギたちが懸命に慰めても耳に入らない状態だ。

〝――っ！〟

そうしてわんわん泣いていると、母親が階段を上ってきた。

その瞬間、今まで一緒に遊んでいた縫いぐるみやミニカーは動かなくなり、その場に散らかって見えるだけとなった。

〝……はれ？〟

摩訶不思議《まかふしぎ》な夢だった。

起きているときは忘れているのに、夢を見ると「昔もこんな夢を見たな」と思い出す。

だが、結局は目覚めと同時に忘れてしまうのだ。

そしてそれは、今日の朝も同じで――。


大都会――平日の朝は早い。

冬の日の出は遅いが、起床時間は遅くならない。

特にここ数日は両親が旅行中であり、中学生二人と園児一人の弟妹を抱えた社会人一年生の蒼太は朝から晩まで忙しい。

だが、それもあと少しだ。

今日、蒼太が仕事から帰宅する頃には、両親も戻っている。

(ラスト一日だ!)

そう思えば、まだ薄暗い時間でも起きられる。

普段なら「あと五分だけ」と目覚ましを止めた手を布団《ふとん》の中に戻してしまうところだが、今朝は目覚めて一分で身体を起こした。だが一度はベッドの中へ潜り直してしまうのは、二度寝の心地好さを楽しむのが習慣になっているからだろう。

そんな自分に、高校生に間違われそうなベビーフェイスでニヤリとする。

しかし、その後は気合いを入れて布団から出ると、冷えた空気に身を震わせながらパジャマから着替えた。

姿見に映った一七四センチの身長は、成人男性の平均を超えてはいる。

だが、周りに長身男性が多いからか、少しでも高く見せようと手櫛《てぐし》で髪をかき上げる。トップをふわりと立たせれば、見た目が一センチは違う。これだけでも心が上向く。

(よし!)

そうして、まだ温かい寝床に後ろ髪を引かれつつも、その足で自室のある三階から二階へ下りて、手早く洗顔を済ませてキッチンへ入っていく。

いつもの白い小皿と小鉢を用意し、炊飯器の蓋《ふた》を開ける。

「うわっ。企業努力万歳！　今朝も絶妙な炊き上がりだ」

起床時間に合わせて予約炊きされた白米から湯気が上がり、その温かさと甘みのある香りが蒼太を自然と笑顔にした。

社会に出たとはいえ、専門学校を経ての入社なので、まだ二十一歳だ。

もとから大人びた顔つきをしているわけでもなく、はしゃぐといっそう若く見える。

「美味《お》し《い》そう〜っ。さてと！」

蒼太は小皿に少量の白米をよそって、小鉢に水を入れると、これらを手にキッチンをあとにした。

そうして階段を上っていくと、三階を通り過ぎて屋上テラスへ出る。

目の前の道路向こうには、小さな公園があるものの、ここは山手《やまのて》線を始め多数の路線が地上と地下を通る新橋《しんばし》駅の烏森口《からすもりぐち》の側だ。

場所柄三方を高いビルに囲まれている。

「うわ。寒い」

太陽が昇り始めてはいたが、寒風に頬《ほお》を刺されて声が漏れる。

同時に、行き交う電車の音が、微かに耳まで届く。

蒼太が、自分よりも早く動き始めている人々の存在を実感する瞬間だ。

（よし！）

自然と気合いが入り、一歩を踏み出す。

一階を店舗にした三階建て住居の屋上テラスの一角には、ちょっとした家庭菜園があり、洗濯物干しのためのサンルームが設置されている。

サンルームの隅には、大工をしていた曾祖父《そうそふ》の作った銅葺《どうぶ》き流れ造りの祠《ほこら》があり、縦・横・奥行きがそれぞれ約二尺程度（六十センチ）はある、立派なものだ。

曾祖父の時代は吹きさらしだったようだが、祖父と父親が建てたこの住居が完成して以来は雨風を凌《しの》げているからか、ここ二十年は風化もほぼ進むことなく綺麗《きれい》に保たれている。

蒼太は祠の前に屈むと、白米と水が入った小皿と小鉢を、空になったそれらと取り替えた。

（おはようございます。今日も一日何事もありませんように、当家の見守りをよろしくお願いします）

普段の供えは両親がしているが、こうして毎朝、両手を合わせるのは、物心がついたときからの習慣だ。

ただし、観音扉の祠の中に祀《まつ》ってあるのは、なんでもないような掌《てのひら》サイズの石。

祠を作った曾祖父が言うには、

〝この石には、八百万の神様の一柱が宿っている。我が家を守ってくださる大事な神様だから、わし亡きあとも子々孫々祀ってゆくように〟

――とのことらしい。

曾祖父が亡くなってからは祖父が、そして今は父が受け継いで、こうして祀っている。

父親は強制することはないが、いずれは蒼太が受け継ぐことになるだろうし、蒼太に子供が生まれれば、その子が引き継ぐかもしれないが、蒼太もそれを強制するつもりはまったくない。

このあたりは、時代の流れと共に価値観も変わってきている。近年では墓守さえ受け継いでいくのが難しいと言われているくらいだ。

父親は、

「我が家の専属神様なのだから、何かしらの理由で維持できない日がきても、暗黙の了解で許してくれるだろう。たとえ引っ越しを余儀なくされて祠が小さくなったり、それさえもできなくなって、タンスの上に飾られることになったとしても、経済状況を察してくれるだろうな！」

――という考えのようだ。

神様として祀ってはいるが、我が家専属ということでほぼ家族感覚なのだろう。

だからといって、純和風の祠がクリスマス時の欧米の一軒家さながらにイルミネーションで飾りつけられているのはどうかと思うが――。

来春三歳になる末弟が「大事大事だから、ピカピカにしゅるの！」と店頭の飾り同様に張りきったので、仕方がない。

神様とサンタクロースを混同しているのかもしれない。父親が一緒になって飾っていたので、当家ではこれでいいのだろう――と、思うことにした。

なんせ、イルミネーションがなくても正月飾りが待っているのが、通例なのだから。

「それにしても、毎日綺麗になくなるもんだな」

蒼太は空になっていた小皿や小鉢を見ながら、立ち上がった。

サンルームの引き戸は、風を通すために、台風でも来ない限り閉めきることはない。

今も目をやると明るくなり始めた空に鴉《からす》や鳩《はと》が横切っていく。

どこからともなく雀《すずめ》の囀《さえず》りも聞こえてくるので、供えは野鳥の食料になっているのだろう。小皿や小鉢を翌日まで回収しないのは、蒼太が生まれる前からのことだ。

「供え甲斐《がい》があるというか、なんというか」

蒼太自身は、いっそ鳥の餌《えさ》を盛ったほうが――と思ったこともあるが、それでは神様への供物《くもつ》にならない。

また、野鳥たちにとっては、神様から供物を分け与えられることが御利益になるのだろうから、これでいいのかもしれない。

そんなことを考えながら、蒼太は屋上をあとにし、今度は一階まで階段を駆け下りた。

三階に三部屋とトイレに洗面所。

二階にミニベランダがついた一室にLDKと洗面所にバス、トイレ。

一階に、両親が営むコンビニエンスストア・ハッピーライフ桜田《さくらだ》公園前店とそのバックヤード。建坪が二十五坪（五十畳）、店舗はその七割（三十五畳）なので、コンビニエンスストアとしては小型店になる。

だが、立地と食品類をメインとした棚作りがよいためか、不況と言われる昨今でも安定した売り上げを出している。

この家に建て替えたとき、今は亡き祖父母のためにつけた小型の家庭用エレベーターがある。ただし現在は電気代節約のために、重い荷物などを上げるときのみの使用としていた。

＊＊＊

（さてと――）

蒼太は階段で一階まで下りると、天井までのクロークボックスが作りつけられた三畳ほどの玄関フロアに立った。

そして、階段から向かって左手にクロークボックス、正面に玄関扉がある空間の、右手にある引き戸から、店舗バックヤードとして使用している洋間へ入っていく。

十畳ほどのスペースには、トイレとミニキッチン、冷凍冷蔵庫、事務用のデスク、あとは仮眠もできる休憩座敷スペースがあった。在庫はその日に店内調理する冷凍食品以外は置いていない。

納品をしている支部が近所のため、補充は日々の配送で賄《まかな》っているからだ。

「おはようございます！　いい匂い」

「あ、蒼太くん。おはようございます」

「おはようございます！　今、メンチカツを揚げたんですよ」

「どうりで」

先に声をかけると、店のイメージカラーであるパステル系の黄色と緑の上着を羽織《はお》った、独身の男性アルバイトで三十代の植野《うえの》と二十代後半の江本《えもと》が笑顔で挨拶《あいさつ》を返してきた。

彼らと日中担当の既婚女性パートが二名。

状況に応じて昼夜問わず対応してくれる既婚男性アルバイトが二名。

そして、メインで入っている蒼太の両親の計八人でシフトを回しており、全員が営業時間の改正をした五年前のリニューアルオープンから勤めるメンバーだ。

蒼太も高校生のときから空き時間は手伝いをしており、これだけ一緒にいると互いに「最近は誰が本当の親戚《しんせき》だかわからなくなってきた」などと、親しみを込めて笑い合う仲となっている。

現在は二泊三日の旅行で両親が不在なため、蒼太もこうしてできる限り顔を出し、少しでも手伝いを——と、頑張っている。

とはいえ、出勤前の早朝は、顔を出せても十分程度。店内の陳列の状態を見て、直して、商品の動きを把握するくらいだ。

弁当の類いは、毎日決まった時間に最寄りの支部から届くので、入荷数を把握していれば目視でも大まかな動きがわかる。

あとは慣れたバイトたちから話を聞いて、発注に調整が必要なときはこの時間帯に済ませてしまう。

「おはよう、蒼太くん。今朝も早いね」

そうして店内を回っていると、自動扉の開閉音と共に入ってきた中年男性から声をかけられた。

「あ、おじさん。おはようございます。いつもありがとうございます！」

「ははっ。出勤前にここへ寄るのが、もう日課になっているからね。家族からは、だったら帰宅前に寄って人数分買ってきてと言われるんだが——。そんなことをしていたら、俺の小遣いが持たないからさ～」

この男性客は、隣のマンションに住む蒼太の同い年の幼馴染《おさなな じ》み・時雨《しぐれ》瑛《あきら》の父親だった。

蒼太の物心がつく前からの家族ぐるみの付き合いで、父親同士も仲がよい。

時雨はおにぎりとサラダをカゴに入れてレジへ移動すると、揚げたてのメンチカツを頼んでいる。

食事にかかる時間帯は、こうした常連客も多く、大概の客はこの界隈《かいわい》に住んでいるか通勤途中の者たちだ。

蒼太は最初にオープンした幼少時代から店に出入りし、こうして挨拶を交わしてきたので、時雨に限らず常連客たちとは顔馴染みだ。

未だに子供扱いをされたりもするが、とても親しまれている。

「うん。今朝も目当ての揚げたてメンチカツがあって嬉しいよ。交代勤務だから寄れる時間もまちまちだけど。これがあるかないかで気分が変わるし。毎日食べても飽きないのが不思議なんだけどさ」

「そう言っていただけると、俺もみんなも嬉しいです。ね！」

「はい」

「実は俺も、時雨さんの出勤時間を狙《ねら》って揚げていたりして。なので、ピッタリ来ていただけたときには、やった！　って気分が爆上がりです」

植野の返事に続いて、江本も調子よく話に入る。

「それは嬉しい。じゃあ、お互い気分よく、今日も頑張ろう」

「はい！　いってらっしゃいませ～‼」

今朝も他愛もない話をしながら、会計の済んだ時雨をみんなで見送った。

店内で仕上げている揚げ物は、鶏《とり》の唐揚げのニンニク醤油《しょうゆ》味と塩麴《しおこうじ》味の二種、あとはスパイシーな合い挽《び》き肉と玉葱《たまねぎ》の割合が絶妙なメンチカツだけだが、どちらも中学時代に料理好きな蒼太が作ったオリジナルレシピの品だ。

手作りのため一日の販売数も限られているが、来れば必ずあるわけでもないところが、かえって人気に繋《つな》がっている。

特に今年に入ってからは、蒼太が一流ホテルの厨房《ちゆうぼう》に就職したことで、常連客たちには「どうりで美味しいわけだ！」「コンビニでホテルの味を買えるってことね」などといっそう喜ばれていた。

「それじゃあ、俺も。発注変更は必要なさそうなので上がりますね。残り、引き継ぎ時間まで、よろしくお願いします」

「はい！」

「お任せを～」

そうして店内の在庫確認が済んだ蒼太は、気のいいバイトたちに見送られて、バックヤードから住居部分へ戻った。

そろそろ七時だ。二階へ上がるとキッチンへ入り、ここからは朝食の支度から弟妹を学校や保育園へ送り出すまで大忙しになる。

（よし！）

まずは作り置きの野菜の煮浸し、昨日の夕飯時に多めに作っておいた厚焼き玉子などを冷蔵庫から取り出し、レンジで温めている間に味噌汁《みそしる》を作る。

具材は乾燥ワカメに油揚げと、いたってシンプルだ。

そして次は、これもまた作り置きしていたメンチコロッケ。合い挽き肉のジューシーさに玉葱の甘み、そこへゴロゴロとクリーミーなポテトの食感が絶妙に融合した、蒼太のオリジナルレシピだ。

弟妹たちも大好きで、これがあるかないかで寝起きのテンションが変わるくらいだ。それもあり、両親のいないここ三日は意識して出すようにしている。

トースターへ入れてセットすれば、目を離していても、衣がサクサクに温まる。

「蒼太兄。おはよう」

「おはよ〜っ」

そうして味噌汁の香りが漂い始めた頃、三階から制服に着替えた中学三年生の長女・咲《さ》奈《な》と中学一年の次男・琉成《りゅうせい》が下りてくる。

受験を目前に控えた咲奈は日本人形のような前髪と肩に届く黒髪が印象的な少女で、長女ということもあり、しっかり者だ。成績も優秀で、非の打ちどころがない。一人でなんでもできるタイプなため、逆に人に頼ることが苦手なようだ。

その上、今は思春期の影響か、理由もなくイライラして見えるときがある。

しかし、それさえ自分の中で押し殺しているのか、家族に当たり散らすこともない。それだけに蒼太は彼女が無理をしすぎないよう、頑張りすぎないようにと、常に気を配っている。

琉成は、幼さは残しているものの、目鼻立ちが整ったなかなかのイケメンだ。今はサッカーに夢中で、部活練習に明け暮れている。

もとはやんちゃな性格で、超がつくほどお調子者だったが、部活の縦社会で矯正《きようせい》されたようで、今ではほどよく落ち着いている。

しかし、こちらもまた油断大敵な年頃だ。

蒼太は思春期や反抗期に対して、身に覚えがある分、琉成への対応にも気をつけている。

これればかりは本人の意思でどうにかできるものではなく通過儀礼のようなものだが、受け止める側にその認識があるかないかで大分違うからだ。

「おはよう。咲奈。琉成」

すると、ここで三男で末弟の湊斗《みなと》が、手を引いてきた琉成のうしろから「ばあ！」と、あどけない顔を見せてきた。

もう片方の手には、蒼太が初任給でプレゼントした手足の長い二足歩行タイプのカエルの縫いぐるみを抱えている。

「蒼《そう》たん。おはよーっ！」

パジャマ姿で大きな瞳をクリクリとさせている湊斗は、蒼太を驚かせたつもり満々だった。

そう察知した瞬間、蒼太は全力で合わせる。

「うわっ！　ビックリした。おはよう、湊斗」

咲奈たちから見ればわざとらしさ全開だが、湊斗は「魔の二歳児」だ。

落ち着いてきてはいるが、いつイヤイヤモードに入るのかは、本人さえわからないのだから、機嫌は取っておくに限る。今朝は特に予定通りに支度を終えて保育園へ送りたい蒼太からすると、これぐらいの対応でちょうどいい。

「へへへっ。ケロたんも、おはよーよ」

蒼太の努力は報われた。湊斗は愛くるしい面立ちを笑顔で輝かせて、蒼太にカエルを差し出してくる。

「はーい。おはよう。じゃあ、ケロたんと一緒に朝ご飯にしようね」

「はいっ！」

蒼太はカエルの頭を撫《な》でた手で、湊斗をダイニングテーブルへ促した。

湊斗が名づけた「ケロたん」は、ヘラヘラととぼけているようにしか見えない笑みを浮かべた体長八十センチの縫いぐるみ。

湊斗と並べたときに頬ぐらいの背丈があり、店で一目惚《ぼ》れをしたのか、自ら手に取り「これがいいって」と言ってきた。

蒼太からすると（これでいいの？　カッコイイのや可愛いのが、他にもたくさんあるのに？）と、首を傾げたものだ。

しかし、これも湊斗の個性の表れなのかもしれない。

購入して以来、湊斗はいつもカエルと一緒だ。

ここまで気に入ってくれると、プレゼントした甲斐があって嬉しい。

蒼太のベッドではなく、自分の布団にカエルと寝るようになってしまったのはかなり寂しかったが、それほど湊斗が大事にしてくれているので満足していた。

「わ！　今朝もメンチコロッケがある。私、ご飯よそうね。あ、琉成は麦茶とコップ出して」

「よっしゃ！　メンチコロッケ」

湊斗がカエルと一緒に席へ着いたところで、早速咲奈と琉成が動き始めた。

寝起きのテンションの低さどころか、思春期の不安定さも、好物の前には現れないらしい。これだけでも蒼太は拳《こぶし》を握る。

六人掛けのダイニングテーブル上には、ご飯と味噌汁の椀《わん》、惣菜《そうざい》やメンチコロッケが盛られた中皿、そして麦茶の入ったグラスが並べられる。

「「いただきます」」

「いたらきま〜しゅ」

「はい。どうぞ召し上がれ」

湊斗の分だけはすべてプラスチック製の幼児用だが、それでもみんなと同じ内容のセットなのが嬉しいようで、ニコニコしながら食べ始めた。

やはり好物なのか、真っ先にメンチコロッケをフォークで刺して、口へ運んでいる。

そしてそれは、咲奈や琉成も同じだった。

蒼太はこの様子を見ただけで、また微笑《ほほえ》んでしまう。

(いただきます！)

改めて手を合わせて、食べ始める。

無意識に茶碗《ちゃわん》片手に箸《はし》が向かったのは、やはりトースターでこんがり焼き上がったメンチコロッケだ。これには蒼太も、我ながら噴き出しそうになる。

(でも、美味しい！　やっぱり炊きたてのご飯に、自家製メンチコロッケの組み合わせは最強！　でもって味噌汁も自画自賛なできだ)

一人一個なら最後の楽しみに取っておきそうだが、平等に二個ずつ配っているので最初と最後に食べると決めて箸を進める。

早々に茶碗を空にした琉成が席を立つ。

「これ、本当に美味しい。お店でも出せばいいのに」

ふと、咲奈がメンチコロッケを食べながら言った。

「えーっ！　これは俺たちだけが食べられる味だろう。売り物にしたら、みんなの味になっちゃうじゃないか」

琉成がご飯をよそいながらだというのに、即反応をする。

「プッ！　何、その独占欲。だったら尚更、美味しいでしょう〜って、自慢したくならない？」

「――あ。そうか。それもありだな」

蒼太は二人のやり取りを黙って聞いていた。

その間も、湊斗はニコニコしながらメンチコロッケを頰張っている。

これらに自然と笑みが浮かぶ。

「どうどう？　蒼兄。メンチコロッケの商品化。肉が減ってジャガイモが増えるんだったら、材料費も安くつくんでしょう」

琉成が山盛りにご飯をよそって戻ってきた。

すっかり咲奈に乗せられたようだ。

ただ、作っている本人としては、簡単に「いいね」とは言えないので、申し訳なさそうに答える。

「乗り気で勧めてくれるのは嬉しいんだけど、手間がな――」

「手間？」

これには咲奈も、身体を前のめりにして聞いてくる。

「そう。工場で作るならともかく、自家製となると、ジャガイモの処理に手間と時間が取られちゃうんだよ。挽肉と玉葱だけなら玉葱を刻めばいいけど、そこへジャガイモの皮を剝《む》いて茹《ゆ》でて潰すってなるとね」

蒼太の説明に、咲奈と琉成が「「あ！」」と声を揃《そろ》えた。

言われてみれば――と、すぐに理解できたようだ。

「そっか……。そうなると人件費のほうが高くなるってことだもんね。商品になったら、好きなときに食べられると思ったのにな〜。あ、そもそも手間がかかるから、たまにしか出てこないのか」

納得しつつも、残念さを隠さない咲奈が愛おしい。

（好きなときに食べられるか――）

思春期に入ってから、ほんの少しできたように思う、咲奈との距離。

だが、いずれは琉成とも同じような距離ができるかもしれない。

そう考えると、蒼太は自分の取り皿に乗ったメンチコロッケに視線を落とす。

「――まあね。でも！　せっかくだから商品化は考えてみるよ。今のオリジナルデリも定番化してきたし、そろそろ新作を出すのもいいかもしれない。何より、どこにハードルがあるのかはわかっているから、それをクリアすればいいわけだし」

考えもしないうちから諦《あきら》めることはない。

何か方法があれば――と、不思議なくらいやる気が漲《みなぎ》ってきた。

「本当！」

「やった！」

咲奈も琉成も大喜びだ。

その笑顔がいっそう蒼太のやる気に火をつける。

（よし！）

「あ、そう言えば、母さんたち帰ってくるのは夕方だっけ？」

さんざん喜んだ琉成が、思い出したように聞いてくる。

「うん。学校から帰る頃には戻ってるんじゃない？」

「少しはゆっくりできたかな？　二人で出かけるのは初めてだもんね」

蒼太が返すと、咲奈が麦茶の入ったグラスを手にニコリと笑った。

「新婚旅行は俺たちも込みの家族旅行だったしな。あ、ってことは、事実上これが新婚旅行か！」

「だよね」

歳の離れた四人きょうだいで六人家族。

しかし、蒼太は父の連れ子で咲奈と琉成は母の連れ子だ。蒼太が兄として細かく咲奈や琉成の様子を気にかけるのには、こうした理由もある。そして、両親の再婚後に生まれたのが湊斗であり、必然と一家を繋ぐ鎹《かすがい》のような存在になっている。不思議なくらい両親兄姉のいいところを集めた顔立ちと性格をしており、それがさらに愛情を増させた。

蒼太たちの視線が話の流れから湊斗に向けられる。

片手に汁椀、片手にスプーンを持ち黙々と食べていた湊斗がパッと顔を上げた。

「見て！」

満面の笑みで空の椀を三人に見せる。

「お！　湊斗。すごいじゃん」

「全部食べて偉い偉い」

「へへへっ。湊《みな》たん、えらい！　蒼たんの、おいしい！」

琉成と咲奈がここぞとばかりに褒めちぎる。末弟が可愛いのもあるが、それ以上にイヤイヤ期のなんたるかを蒼太と共に実感中だからだ。

咲奈は、琉成のそれを見てきたはずだが、二歳違いでは覚えているはずがない。

湊斗の「いぎゃーっっっ‼」には、誰より衝撃を受けていた。

琉成のイヤイヤ期を覚えていなかった――大したことなかったはず――と誤認識していたせいで、魔の二歳児を初めて目の当たりにした蒼太や琉成よりも、強烈に作用したらしい。

しかも母親から、

〝あんたたちはこんなもんじゃなかったわよ。特に咲奈なんか琉成が思うようにならないたびに泣き叫んで、大変だったんだから〟

そう言って笑い飛ばされたときには、身の置きどころもない。

どちらかと言えば、家族内では一番大人しいタイプだと信じて疑っていなかった自分が、最大の問題児だったと知らされ、「自身の中で何かが弾けた気がする」とぼやいたほど。

それでも湊斗に関しては、「褒めて伸ばせ」「機嫌は死守しろ」が現在の家族の共通認識だ。

「湊斗は蒼兄のご飯が好きだよな」

「うん‼　ケロたんも！」

「そうか～。湊斗もケロも偉い！」

第二次反抗期や思春期で荒れ狂っていても不思議のない中学生なのに、末弟可愛さには影を潜めるのか、みんなから可愛がられて湊斗は無双状態だ。

この様子には、蒼太もおかしくなってくる。

「あ、そうだ。湊斗って、いつからカエルが好きになったか知ってる？　前はクマとか猫が好きだった気がするんだけどさ」

ふと、蒼太が思い出したように問いかけた。

「蒼太兄が買ってあげたからじゃなくて？　だとしたら、テレビで見たか保育園でカエルの絵本でも読んでもらったんじゃない？」

「え〜。咲奈が自分の縫いぐるみを貸すのをダメダメ言ったからだろう」

咲奈は推測し、しかし琉成は断言をした。

「私⁉　それは汚したらダメって意味で……。注意はしたけど、ちゃんといつでも貸してあげてたよ」

いきなり自分のせいにされたからか、咲奈が驚くと同時に眉《まゆ》をつり上げた。

思いがけないほうに話が転がり、慌てて蒼太もフォローに入る。

「そうだよな。湊斗はいつも咲奈の縫いぐるみを借りて遊んでたもんな。だから、湊斗用のを買ってあげようと思ったんだ。そうしたら、やっぱりテレビか絵本の影響か。もしくは、これは家にないタイプのだったから——とか」

「あ、それだよ！　きっとうちにはカエルの縫いぐるみなんてなかったからほしくなったんだよ。あとは、クマは可愛い、長靴を履いた猫は騎士っぽくてカッコイイから、カエルの愛嬌《あいきょう》に魅せられたとかさ！」

琉成も自分が迂闊《うかつ》な言葉を発した自覚があったのだろう、慌てて言い繕う。

「そうかな」

「ごっしょたま～」

咲奈がいまいち納得できずにいたところへ、すべて食べきった湊斗が、再び空の汁椀を待って見せてきた。

褒めてと言わんばかりの笑顔を浮かべている。

当然、これに乗らない手はない。

「わ！　すごいぞ湊斗‼」

「湊斗が一番だな！　俺も早く食べなきゃ」

「ってか、もう時間！　私も！」

蒼太と琉成は揃って話を逸らし、咲奈は時計の針が七時四十五分を回っていることに気付いて、慌てて残りを平らげた。

「ごちそうさま！」

「ご馳走《ちそう》様でした。早く支度をしなきゃ」

「はい。どういたしまして」

琉成と咲奈が空になった食器をシンクへ置いて、その足で三階に向かう。

急に慌ただしくなったが、いつものことだ。

揃って家を出る八時には、全員準備がどうにか終わっているので、蒼太もそのつもりで食事を終える。

四人分の食器を手早く洗い水切りカゴに伏せて、あとは自分と湊斗の準備だ。

「湊斗。さ、着替えよう」

「はーいっ」

二人のあとを追うように三階へ移動し、湊斗を着替えさせる。

そうして昨夜のうちに用意していた荷物を持つと一階へ下りた。

「「いってきます！」」

「いってらった～い」

「いってらっしゃい」

バックヤードへ続く扉とは別にある玄関扉から、まずは咲奈と琉成を見送った。

蒼太は湊斗を保育園へ送ってから出勤するので、普段は母親が使っている電動自転車を用意だ。

「さ、湊斗も行こう」

「はい！」

しかし、園リュックを背負った湊斗の手には、いつの間に持ってきたのかカエルが握られていた。

「これはお留守番な」

「……」

そう言って蒼太が手を伸ばすも、湊斗はカエルを抱き締める。

頑として、一緒に連れていく構えだ。

しかし、こうしたことは初めてではない。蒼太はニコリと笑って湊斗の頭を撫でた。

「カエルも〝任せろ！〟って、言ってるよ」

「おう！　任しとき」

「!?」

すると、どこからともなく声が聞こえた――ような気がした。

それも、威勢のよい関西なまりのおっさんの声だ。思わず見回すが、家の中だからおっさんがいるわけがない。なんとなく視線をカエルに落とす。

「はい！」

だが、湊斗は納得したのか今一度カエルを抱き締めながら返事をし、これを蒼太へ差し出してきたので、今は家を出ることを優先する。

「湊たんもいってきましゅ！」

「よ、よし！　じゃあ、カエルはここでお留守番な」

「はい！」

蒼太はカエルを受け取ると、玄関の隅に座らせた。

(まさか……な)

改めてその顔をジッと見てしまったが、特に変わったところはない。

いつものとぼけた顔の縫いぐるみだ。

(空耳? 幻聴か?)

さすがにここ数日の疲れが出ているのかもしれない。

そんなことを思いつつも、蒼太は湊斗にヘルメットをかぶせて、自転車後部に設置されたチャイルドシートへ座らせた。

後頭部までの背もたれに肘《ひじ》掛けまでついた専用シートは、雨や雪のときにはカバーまでかけられる。蒼太は「俺の頃にはなかったな〜」と、しみじみ感心してしまう。

湊斗もとても気に入っており、これに乗るのが楽しいおかげで通園も嫌がらない。

シートベルトもしっかり締める。

「出発!」

「しんこーっ‼」

蒼太は自転車に跨《また》がり、湊斗と声をかけ合うとペダルを漕《こ》ぎだした。

電動のアシストもあり、颯爽《さっそう》と出かけることができた。

2

　湊斗が通うハッピー保育園は、自宅から自転車で五分程度の西新橋の雑居ビルにあった。新橋はオフィス街に住宅が混在しているような街だが、いくつか全国展開している私設保育園グループもあり、湊斗が通うこの保育園もそうだ。

　もともとは全国にスーパーマーケット、コンビニエンスストア、レストランなどを構えるハッピーグループの福利厚生の一環として試験的に始まったものだが、待機児童の問題を抱えていた共働き夫婦には大盛況。そこから本社が本腰を入れて、自社店舗の上階や雑居ビル、マンションなど、いずれもグループ直営事務所の近くに小規模な保育施設を増やしていき、今ではそれが経営するスーパーマーケットやレストランを超える数になっている。

　ハッピーストアのフランチャイズ店舗を経営している両親を持つ湊斗も、二歳になったときからここへ通っていた。

　費用も公立の幼稚園と大差がなく、フランチャイズの契約内容によって多少の上下はするものの、立地条件を考えればそうとう得だ。

特にこのビルは一階がスーパーマーケット、二階がレストラン、三階がエリア総括事務所と保育園で、ビルの四分の一をハッピーグループで占めているため安心感も違う。

母親など、ここのおかげでフルタイムで店に立てることもあり、「ハッピー様々よ」と常々口にしていたが、蒼太もこの数日でそれを実感することになった。

「それでは、今日も一日湊斗をよろしくお願いします」

「はい。いってらっしゃい」

「いってらった〜い!」

「いってきます!」

(三日目にして、両親不在のサイクルに慣れてきたな。これなら、今後も父さんや母さんに休暇旅行をしてもらえそうだ)

湊斗を預けてから自転車に跨がると口角が上がる。

(よし! 今日も頑張るぞ)

ペダルにかけた足に力を入れて颯爽と走りだす。

蒼太の勤め先である国内資本の老舗《しにせ》五つ星のホテル・マンデリン東京《とうきよう》は銀座《ぎんざ》にあり、保育園からJR新橋駅を越えて銀座方面へ移動、自転車で十五分程度のところにある。

自宅から徒歩でも行き来ができる距離だ。

通勤時間に一時間、二時間を取られるサラリーマンも多い中、満員電車にも乗らずに出勤できるだけでもラッキーだった。

職場はホテル直属の厨房で、三交代勤務のシフト制、土日祝日は滅多に休めず、世間一般が長期休みを謳歌《おうか》するときほど忙しくなる。

繁忙にも波があり、祭事や六曜にも左右される。

また、所属が和食厨房とあり、現場は板長を頭に、次板（脇板・二番）、煮方、焼き方、揚げ場、椀方、蒸し方、洗い方（魚や肉の下処理）、追い回し（雑用全般）などの担当があり、最初は下積みとして追い回しから始まり、上を目指していく職人の世界でもある。

上下関係も厳しく、労働条件や基本給だけを見るなら、社畜上等な世界だ。

ただ、仕事の苛酷《かこく》さでいうなら、両親の営むコンビニエンスストアもホテル同様、二十四時間営業の年中無休。同業他社と違い、ハッピー系列では必ずしも二十四時間営業や年中無休で営まなければならないという規約はないが、オフィス街にして住宅地、また駅周辺は繁華街という土地柄、父親たちはあえてこのサイクルを選択していた。

そのため、物心ついたときからこの無休のサイクルに応じた生活を間近で見ており、自然と馴染んでしまっている蒼太からすれば、「たとえ平日でも、丸々一日の休日やときには連休がもらえるだけ全然いいですよ！」となる。

実際、そう言葉にして同僚を苦笑させ、上司には複雑そうな顔をされたこともあった。

特に気の合う椀方の先輩・戸高《とだか》など、

「社畜体質って、天然でも養殖でも強いんだな」

などと言っては、からかってきたほどだ。

もっとも、これに対しては、

「進んで厨房に入るような奴が、社畜じゃないはずないだろう」

「そうだそうだ。ちょっと検索をしたら、旧世紀のしきたりが横行する修業の世界だってわかるもんだし」

「料理したり食ってもらったりするのが好きでなきゃ、本気でこの道は選ばないもんな！」

「あ、そうでした！　俺も入ったときに、お前はドMかって聞かれて、胸張って〝嫌いじゃないです〟って答えたんでした！」

同僚や上司に突っ込みをくらい、最後は一緒になって爆笑していたが――。

しかし、そうした会話を重ねるにつれ、蒼太は先輩たちへの尊敬の念をいっそう強めていった。

働くことのきつさをどう捉《とら》えるかには個人差があるが、育った環境の違いが大きく作用するのは否めない。

そう考えたとき、蒼太は自分のような育ちによる耐性もないのに、この勤務状態に加え日々満員電車で通勤してくるのだから、同僚や先輩たちのほうがよほど強者《つわもの》だな——と、思えたのだ。

しかも、料理を作る、提供する、一人前の板前になってゆくゆくは自分の店を持つなどの夢や希望、場合によっては執念からモチベーションを生み出しているのだから、なおのことだ。

そんな職人気質な猛者《もさ》ばかりが揃う職場にも馴染んでいた蒼太ではあったが、この三日間だけは出退勤の時間を自分の都合に合わせてもらっていた。

このあたりは、労務部の勤怠管理が徹底していることもあり、どの部署でも率先して助け合うことが習慣化されている。

ゲストによりよいサービスを提供するためにも、勤める側の心身の健康を維持できる労働環境を保つことが、ホテルの方針だからだ。

「あ、守衛さん。おはようございます」

「おはよう、社くん。今日も弟くんを保育園に預けてから？　頑張るね」

「はい。ありがとうございます」

そうして蒼太は、ホテルの通用口から出勤をした。

この場でICカードをスキャンし、調理部のロッカールームへ移動する。

「おはようございます！」

扉を開くと同時に声を発した。

「お、社。おはよう。今日も元気そうで何よりだな！　しっかり頼むぞ」

「はい！　一日、よろしくお願いします！」

中にいたのは、これから出勤の者、本日はこれで退勤の者、休憩に寄った者など様々な面々だ。

当然、フレンチや中華の厨房担当者たちもいるので、挨拶は全員に向けてする。

「そういや、弟の送り迎えは今日までだっけ？」

「はい。調整していただいたおかげで、助かりました」

「何、お互い様だって。蒼太には入社以来、穴埋めしてもらってばかりだったからな。ようやくお返しができてホッとしてるよ」

そう言って笑ったのは、つい最近まで家族の病で出勤調整を余儀なくされていた、三年上の洗い方の先輩だった。

まだ雑用専門の蒼太が、彼の作業を代わることはできない。

しかし、その分追い回しの先輩たちの仕事を率先して多く請《う》け負い、洗い方へ押し上げることで、穴埋めの協力をしていた。

「そう言ってもらえると嬉しいです。でも、俺はしっかり残業代や休日出勤の手当をいただきましたから」

「まあ、そういうところは、かなりしっかりした職場だからな」

「はい。専門学校時代の友人たちに話したら、感心されました。ホテルも飲食系もブラックな印象しかない業界だし。それがホテル内の厨房となったら、さぞすごいんだろうと思っていたみたいで」

蒼太はロッカー前に立つと、まずは財布とスマートフォンをポケットに入れたままの上着を脱いでハンガーへかけた。

そうして、休憩中の先輩たちと世間話をしながら調理衣に着替える。

糊《のり》の利いた白衣の上下に前掛け、白い長靴に調理帽子。

これらに身を包むうちに自然と気持ちが切り替わり、気合いも漲ってくるというものだ。

「人手不足だと、どうしてもそうなるよな。そういう意味でも、ここは余裕があると思う。ただし、今すぐ他部署へ応援に飛べ！　どこへ行っても必要最低限の手伝いはできるように、頭と身体に叩《たた》き込んでおけ！　っていう、研修は苛酷だったけどな」

「はい。研修は受けましたが、まさか本当にクリーニングルームやベッドメイク、フロントにまで飛ばされるとは思いませんでした。他の厨房やホールで持ち運び……とかなら、想定もしていたんですけど」

「それな～っ。なるべく若いうちに、他部署の仕事も経験させるっていうのが、ここの方針なんだ」

「でも、そのおかげで館内の顔見知りが増えて。特に宴会部の社員さんや派遣の方たちにも名前を覚えてもらえたので、出勤が楽しくなりましたけどね」

「そこはもう、社のコミュニケーション能力の高さに尽きるな。人見知りしないというか、なんというか。羨《うらや》ましいよ」

「本当ですか？　ありがとうございます。でも、うるさいとか馴れ馴れしいぞってときには、注意してくださいね。空気読めてねぇぞとか」

「了解。まあ、自分からそう言ってくる奴は、大概空気の変化にも敏感だからな」

「だな！」

朝からほどよく乗せられつつも、蒼太は着替え終えると扉を閉めた。

ロッカーの鍵《かぎ》だけをズボンのポケットへしまう。

「よし。行くか」

「おう」

その後は誰からともなく声が上がり、一緒に厨房へ移動した。

（よし！　今日も頑張るぞ）

バイキングの朝食から夜食、ルームサービスに宴会食まで賄う三部門の調理部には、一部門の厨房に三十名前後が常勤している。

すでに朝食バイキングの調理を終えて、ランチタイムの調理に入っている。

蒼太も早速自身の持ち場へついて、バイキングの補充用のメニューを確認していった。

「おはようございます」

するとそこに宴会部の部長が板長と共に現れた。

「「おはようございます！」」

全員が一斉に声を上げ、作業に差し支えのない者は手を止めて、体の向きを変えた。

「本日の予定です。前半は団体が二組。和洋折衷《せっちゅう》の立食ランチ会で百五十名とセミナー途中に懐石ランチ弁当が二百十五名。後半は夕方からの披露宴、和洋折衷で百二十名と立食パーティーで五十名。特にメニュー変更はありません。ただし、ご予約の際に、懐石ランチにて三名様から青魚、ナッツ、小麦のアレルギー申告をいただいております。板長にも詳細を伝えておりますが、ここは再三の確認をお願いします」

厨房からホールのゲストたちへ料理を運ぶのは、宴会部の担当だ。

調理部とはいわば一心同体の部署であり、部長は自ら各厨房を回り、毎日宴会予定やメニュー変更の有無などの確認、連絡をしている。

「では、今日も一日、怪我や粗相のないように」

「「はい！」」

宴会部長は手短に話を済ませると、そのまま他の厨房へ移動した。

「まずはランチを乗りきるぞ！」

「「「はい！」」」

その場に残った板長のかけ声と共に、蒼太も再び手を動かし始めるのだった。


ランチの提供を終えたときには、すでにディナーの調理に入っていた。

予定とは別に入るルームサービスのオーダーもあり、作業が途切れることはない。

特に蒼太のように、厨房全体から出てくる洗い物を始めとする雑用をこなす者たちにとっては、なおのことだ。

「蒼太。一区切りして今のうちに休憩入っておけ」

「はい」

それでも隙間を見つけては、こうした休憩が入る。

状況によっては食事時間がズレたりするが、一日のどこかではきちんともらえる。

蒼太は急いで手元の洗い物を済ませて、持ち場を離れた。

同時に内線コールが響く。

側にいた板長がすかさず受話器を取る。

「はい、和食厨房です」

（オーダーかな？　ディナーの変更？　休憩行っても大丈夫かな？）

一応様子を窺いながら、蒼太は出入り口へ向かう。

「はい。はい……。わかりました」

すると、受話器を置いた板長の視線が蒼太を捉えた。

「社。ちょっと」

「はい」

何かと足早に向かうが、板長はそのまま厨房を出る。

「？」

蒼太もあとをついて出たが、板長は振り向くと同時に「落ち着いて聞け」と言い放った。

「ご両親が事故に遭われて、搬送中だ。送迎部が車を用意したので、今すぐ病院へ」

「――!!」

続けざまに発せられた言葉に息を呑《の》む。

(父さんたちが事故!?)

突然の知らせは、それから数日の間、蒼太の記憶を曖昧《あいまい》なものにした。

〝父さんと母さんが……死……!?〟

蒼太が病院に着いたとき、すでに両親は帰らぬ人となっていた。

送迎部の機転で、咲奈たちをも迎えにいってくれたが、誰一人死に目に会えなかった。

〝そんな、まさか……〟

原因は、首都高で発生した大型冷蔵車ドライバーの居眠り運転による玉突き事故。急に車体を揺らしたトラックが減速したと同時に、後方を走っていたツアーバスに横並びするように激突。十トンの車体を側面から受けることになったツアーバスは、勢いに押されて横転した。

また、後続車のブレーキが間に合わずバスに突っ込んだことで、死者五名を含む重軽傷者三十七名を出す大惨事《だいさんじ》となった。

うち、死者二名が蒼太の両親だったのだ。

〝――嘘《うそ》だ。これは夢だ。絶対にそうだ〟

担当医の説明によれば、搬送されてきたときには、両親はすでに死亡していたらしい。座席位置からして、おそらく即死に近い状態だったのではないかとのことだった。

蒼太が「それは、苦しまずに逝《い》ったということでしょうか？」と訊《たず》ねると、静かに頷《うなず》いてみせる。

また、「なんの慰めにもなりませんが」という前置きはあったが、事故の状況にしては驚くほど綺麗な遺体で奇跡的だということも付け加えてくれた。

しかし、この事実が逆に蒼太を混乱させたのは確かだ。

〝──だって、こんな。眠っているみたいなのに……。顔に、傷一つないのに。もう、目覚めないなんて。起きて、ただいま──って言ってくれないなんて。奇跡だって言うなら、生還しているはずだろう？　奇跡って、そういうときに使う言葉じゃないのかよ！〟

蒼太は、すぐには両親の死を認めることができなかった。

かといって、事故現場からたくさんの重症者が救急搬送されてきた慌ただしい治療室の中で、きちんと説明をしてくれた医師を責めるなど言語道断だ。

両親の死を受け入れることができないからこそ妙に頭は冴《さ》えていて、蒼太はしばらく口を噤《つぐ》んだまま、胸中で自問自答をし続けた。

〝──奇跡〟

そうして遺体を前に立ち尽くしていたのは、五分足らずだろう。

仕切られたカーテン越しに、絶え間なく蒼太の耳に入ってきたのは、忙しく治療に当たる医師や看護師たちの声だけではない。続々と駆けつけた負傷者の親族や遺族となってしまった者たちの中には、悲鳴を上げる者や、堪えきれずに怒号を上げる者までいたからだ。

しかも、駆けつけた夫婦の中には、男性だけが先にと促された人もいて──。

〝どんな姿でも構わない。私の息子よ。会わせて〟

そう言って夫と一緒に対面したらしい妻は、声も上げられずに失神してしまったようだ。

その様子が耳に届く物音や会話だけで理解できたところで、蒼太は担当医が漏らした

「奇跡」という言葉を否応なしに理解した。
　悲惨な事故の中で、まるで眠るように逝った両親の亡骸《なきがら》は、死別以上の衝撃を自分には与えなかった。
　それは、これから対面することになる弟妹にも、同じことが言える。
〝奇跡――。まさか最悪な事態の中にある、ほんのわずかな救いのことをそう呼ぶなんて、
初めて知った〟
　曖昧な記憶の中でも、この皮肉な現実を前に、自虐的な笑みが浮かんだことは、はっき
り覚えている。
　しかし、ここから蒼太の怒濤《どとう》の数日が始まった。
　事故の当日は友引だったため、その日は仮通夜、翌日に本通夜、翌々日に葬儀をしたが、
だからといって永遠の別れを惜しむ時間や心の余裕はまったくなかった。
〝もしもし。日比谷《ひびや》葬祭さんですか。以前、そちらでお世話になった社と申します。幾度
か担当していただいたことがあるのですが、一条《いちじょう》さんはいらっしゃいますか？〟
　幼少の頃に亡くした実母の葬儀の記憶はおぼろだが、祖父母を見送ったのは中学と高校
のときだ。喪主の父を微力ながら助けた経験があるので、葬儀から初七日、納骨から法事
までの形式や流れは把握していた。
〝お電話、代わりました。一条です〟

〝ご無沙汰《ぶさた》しております。社啓太《けいた》の息子です。突然のことですが、両親が――〟

いずれにしても、すべて同じ葬儀会社の担当者に依頼をしていたので、今までの仕事ぶりを見ていただけに安心だった。仮に蒼太自身に抜けがあっても、通夜と葬儀は間違いなく進行されるだろう。

これを不幸中の幸いと呼べるのか否かは別として、喪主としての責務だけは果たせたことが、蒼太にとってはせめてもの救いだ。

それでも――。

〝……〟

〝咲奈たん。かーたん、ねんねなの？〟

〝――〟

〝琉たん。とーたん、おっきは？〟

家族だけで過ごすこととなった仮通夜の夜――日比谷葬祭の会館。

あまりに急すぎる両親の他界は、蒼太だけでなく幼い弟妹をも共苦させた。

予期せぬ別れに黙り込む姉と兄を相手に、首を傾げる湊斗の無邪気な声が、曖昧な記憶の中にあっても鮮明に残る。

〝おっきよ？　あ！　朝よ～っ。おっはよー！〟

〝おいで、湊斗〟

〝蒼たん？〟

棺《ひつぎ》の中で横たわる両親が、湊斗の目にはただ寝ているように見えたのだろう。

これもまた不幸中の幸いであり、わずかな奇跡がもたらしてくれた救いだ。

〝おはよー、ないの？　おはよ……、ない……の？〟

湊斗が、両親が二度と起きてくることはないと悟ったのは、その小さな身体を、手放すことのないカエルごと抱き締めることしかできなかった、蒼太の身体の震えからだろう。

〝とーたっ。かーたっ……っ。うあああんっ！〟

しかし、この湊斗の悟りや、湧き起こる感情のままに泣き叫ぶ姿がなければ、咲奈や琉成は放心したまま最後まで終えていたかもしれない。

〝湊斗‼　泣かないで……。湊斗が泣いたら、私も我慢ができないよ〟

〝泣くな湊斗。俺まで――うっ‼〟

十年前に実父と死別している二人にしても、当時の衝撃や哀《かな》しみ、喪失感はまだ記憶に新しいはずだ。

この上、母親と新たな父親まで亡くすなど、泣くに泣けない。

それこそ涙も言葉もないままに、別離の時間を終えるところだったのだから――。

＊＊＊

蒼太は無我夢中で、仮通夜から初七日までを駆け抜けた。

曾祖父の代からここで暮らしているため、父親の地元の友人や知人、関係者は多い。

更に、母親の穂乃花《ほのか》や咲奈、琉成、湊斗を通じて知り合った友人たちやその保護者もいる。到底蒼太だけで把握しきれるものではなく、咲奈や琉成にも手伝ってもらうことになった。

また、率先して手伝いに名乗りを上げた幼馴染みの瑛やその両親、知らせを受けると同時に駆けつけてくれたハッピーストアのエリアマネージャーやパート、アルバイトたちの協力を得、それは勤め先のホテルも同様だった。

蒼太から連絡を受けると、大概のことなら対応できることを説明してくれた。

葬儀場にはホテルから献花が届き、本通夜には職場を代表して料理長と戸高も来てくれた。

〝仕事のことは気にしなくていい。上も十分に理解をしているから、まずは家のこと。ご家族のことを最優先に〟

〝ありがとうございます。料理長〟

勤めて一年も経っていない蒼太にとっては、思いがけなくも心強い言葉だった。

〝みんな、なんでも手伝うから。遠慮はしないで、甘えてこいよ〟

〝――はい。ありがとうございます。戸高さん〟

蒼太は改めて周りの人々に感謝した。

そしてそれは、急な事態を乗り越えていく力にもなったのだった。


二階のリビングダイニングに四人が揃って一息つけたのは、初七日を含む葬儀の翌日、午後のこと。

もとからリビングの一角に置かれていた仏壇《ぶつだん》には、父方の祖父母、蒼太の実母、咲奈たちの実父の遺影や位牌《いはい》があり、「共同住宅みたいだな」と、琉成が口にするほど、ある意味賑《にぎ》やかな状態だった。

そこへ新たに両親の遺影と位牌が置かれ、仏壇前には仮置きした座卓に遺骨と花々、供えの菓子や果物が手向けられた。

咲奈は哀しみに打ちひしがれながらも、「これじゃあ、お母さんもお父さんも寂しがる余裕はないね」と微苦笑を浮かべた。

これには蒼太も「そうだな」と同意し、琉成も「確かに」と頷く。

「とーたん。かーたん。カエルたん。猫たま。クマたんよ」

また、そんな蒼太たちの様子を見ていた湊斗は、火葬場でも手離すことがなかったカエルを始め、もともと気に入っていた縫いぐるみの長靴を履いた猫とクマを三階から持ってきて、遺影に向けて並べていった。

その姿は、湊斗なりに両親へ「お帰りなさい」と言っているようにも見えたが、両親の死を理解できていないようにも見えた。

それでも今は、カエルたちと一緒に笑って、遺影にも何か話しかけている。

しばらくしたら、また泣きだすかもしれないが——。

それならせめて笑えて機嫌のいいときぐらいは、大好きな縫いぐるみたちと遊ばせておこう。自分たちも、その間くらいは心を休めておこうと決めて、蒼太はキッチンでコーヒーサーバーのスイッチを入れた。

連日線香の匂いを嗅《か》いでいたためか、淹《い》れたてのコーヒーの香りには、これまで感じたことのない心地好さや安堵を覚える。

「——前にも思ったけど、お葬式って終わってみたら、あっと言う間だよね」

それぞれのカップに注いだコーヒーを手に、咲奈がしみじみと呟いた。

「病院からベルトコンベアーに乗せられた感じ？　仮通夜から本葬、火葬、初七日までがワンセット。二泊三日で旅行へ行ったと思ったら、今度は二泊三日で仏壇とか——。マジで意味わかんねぇけど、気がついたら終わってたってことだけはわかる」

琉成も溜め息まじりにこれに返した。

蒼太は、カエルたちと遊ぶ湊斗を咲奈と琉成に任せて、訪ねてきた隣家の瑛と一緒に、ダイニングテーブルに着いている。

特にヒソヒソと話しているわけでもないので、互いの会話も耳に入ってくる状況だ。

「ベルトコンベア?」

咲奈が怪訝《けげん》そうに眉を顰《ひそ》める。

「あ、ごめん。言い方が不謹慎《ふきんしん》で。けど、他に思いつかなかったから」

「そんな……。謝らなくていいよ。大丈夫、不謹慎だなんて思ってない。確かにそうだなって、気がしただけ。それに、お互い、こうして話ができるだけまだいいでしょう。気持ちの持って行き場がないのは同じだし。むしろ――」

「あ、うん」

そうした会話の中で、咲奈と琉成の視線が蒼太と、蒼太の正面に座る瑛へ移った。

「とにかく。事故のことに関しては、母方の顧問弁護士だけでなく、先生や先輩たちにも相談をして、どういう対応をするのが一番不利益にならないかという、情報を集めている。だから、今の状態で関係者が何かを言ってきても、絶対に〝まだ何も考えられないから〟で通してくれ。いいな、蒼太」

「——わかった。瑛、ありがとう」

蒼太だけでなく、咲奈や琉成の視線まで集めた瑛は、この辺りでは知らない者はいないと言われるほどの秀才で、名門私立大学法学部の学生だ。

しかも、ちょっと銀座を歩けば年上のお姉さんからお茶に誘われ、これが渋谷《しぶや》となるとスカウトマンから声をかけられ、名刺をポケットに突っ込まれる。目鼻立ちのはっきりとした、正統派イケメンでもある。

ただ、本人は根っからの真面目で、そのような俗世間には見向きもせずに、日夜弁護士を目指して勉強中だ。正義感も強い。

友情にも厚く、これから間違いなく蒼太の肩にのしかかってくる事故処理に対応するべく、協力を申し出てくれた。

「こんなときに非情なことを言っているよな……。俺だって……、我ながらって思う。けど、泣きくれるのは、お前たち親族だけでいい！　俺みたいな——近しい他人にできることなんて、少しでも冷静に頭を働かせることだけだ。残されたお前たちが不利益にならないように、悪い大人や会社に補償や保険を誤魔化されないように、できるだけ手伝いをする。それしか、できないんだからさ……っ」

蒼太は事故の補償どころか、両親がかけていた生命保険にさえ、気が回っていなかった。

自分より確実に法律に詳しく、また法曹関係者に縁故のある幼馴染みの存在は、とても心強い。

しかし、今の今まで、ほんの少しもこの件で頼ろうという発想にならなかったのには、それ相応の理由がある。

(ボロ泣きしながら言われてもな……)

そう。瑛は昔から超がつくほど真面目で正義感が強いが、情にもろくて湊斗よりも涙腺《るいせん》が弱いのだ。

通夜や葬儀にしても、いの一番に「力にならせてくれ」「できることならなんでもするから」と言ってくれたが、その直後からシクシク、メソメソ泣きっぱなし。「泣きくれるのは、お前たち親族だけでいい」と言いながら一番涙を流しているのである。

子守の名目で、湊斗やカエルと一緒にいてもらったが、よしよしされていたのは瑛のほうだ。

ただ、それでもイケメンは正義なのか、フィルターのかかった周囲の目には、憂いを纏《まと》った喪主の親友としか映らなかったらしいが――。

「ありがとう、瑛。さすがは現役合格した法学部。心強いよ。正直、これから何をどうすればいいのか。まずは、やらなきゃいけないことを書き出してみなきゃ……と思っていただけだから。本当、ありがたい」

「蒼太～っっっ!」

他人の目がなければ、蒼太に抱きつき号泣ばかりだ。

瑛の辞書に、自身の体面や羞恥《しゅうち》については、何一つ書かれていないのがわかる。

「あれだけ派手に泣かれたら、涙も引っ込むよね」

「うん。俺も、ここから三年分は引っ込んだと思う。瑛兄ちゃん、超絶イケメンなのに、マジでもったいねぇよな」

「え？　あれはギャップ萌《も》えって言うんじゃないの？」

「――は⁉」

姉弟間で解釈に相違はあったようだが、それでも改めて顔を見合わせると、細やかでも笑いが生まれた。

凍えていた心が、フッと温かみを覚える瞬間だ。

「――でも、嬉しいね。一緒になって〝どうしてこんな事故に〟って怒って、哀しんで、そしてたくさん泣いてくれて。瑛さんも、時雨のおじさんやおばさんも、ずっと側にいてくれたし。いろいろ、いろいろ、手伝ってくれて」

「俺たちが思う以上に、ただのご近所付き合いじゃなかったってことだよな。家族ぐるみの付き合いで、母さんや父さんともよく一緒に飲んだりしてたし。それこそ、おじさんたちからしたら、家族同然の親友を亡くしたってことだろうしさ」

「うん。本当にそうだよね」

衝撃を受けたのは自分たちだけではない。哀しみ、心から涙を流してくれた人間が数多くいたことを、瑛の涙から理解することとなった。

「じゃあ、何かわかったらメールするから」

「うん」

「あ！　蒼太は何もなくても、メールしてくるんだぞ。なんなら、部屋の窓から声をかけてくれたら、すぐに駆けつけるからな」

「はい、はい。ありがとう。あ、これで涙拭《ふ》けよ」

「――くすんっ」

ひとしきり泣き終えると、瑛は蒼太からもらったキッチンペーパーで涙を拭きつつ、階段へ向かう。

「あ、下まで送ってくるから」

「「はい」」

そうして蒼太が、瑛を追うようにして廊下へ出ようとしたときだ。

ダイニングの壁に設置しているインターホンの受信機が「ピンポン」と鳴り、訪問者の存在を知らせた。

「――はい」

蒼太が身体を捩《よじ》り、画像付きの通話ボタンを押して返事をする。

画面越しに確認できたのは、見知った顔の配送業者。「ブチ猫便です。お荷物をお持ちしました」の挨拶と共に、簡単に中身の説明をしてくれた。

「誰宛？」

「誰から？」

「――父さんと母さんから、俺たちにだって。サイズが大きいし、生ものもあるって」

蒼太はインターホンを切ると、瑛と一緒に一階へ下りた。

「お母さんたちが旅行先から送っていたのかな？」

「絶対に海鮮とか高級肉だよ！　俺たちも下りてみようぜ」

咲奈があとを追い、

「湊たんも！」

「よし、抱っこだ」

琉成も両手を伸ばす湊斗を抱えて、一階へ向かった。

「では、印鑑をお願いします。今、お持ちしますね」

「はい」

店にもよく出入りしている配送業者は、入れ違いで出ていった瑛に会釈をしつつ、蒼太にサインを求めて伝票を渡してきた。

（三つ？）

フロアから土間にかけて設置されたクロークボックス、その土間側下駄箱中段の飾り棚に置かれた小箱から認め印を取り出して、ポン、ポン、ポンと押していく。

その間にも、一つ目の荷物が運ばれてくる。

「え？」

想像もしていなかった、畳サイズの大きなダンボール箱。重さはそれほどでもないが、組み立て式の大型犬用ケージと、箱に印刷されている。

（大型犬？）

「次、これです！」

今度は更に縦、横だけでなく高さもある、百七十サイズほどのダンボール箱だ。

ケージが入っている箱を抱えた蒼太は、玄関フロアに置けるか不安になり、咲奈に目配せをしてバックヤードへの引き戸を開けさせる。

そうして、いったんケージと大物ダンボール箱を移動させるが、見れば箱の側面にデカデカと「ペットシート」「フード他一式」と書かれていた。

「ペット？　まさか父さんたち、大型犬でも注文していたのか？」

「わんわ⁉」

「――え⁉ でも、誰もそんな話は聞いてないし、した覚えもないよね？ それとも湊斗が、こっそりお強請《ねだ》りでもしていたの？」

「わんわ！」

これには琉成や咲奈も困惑し始めるが、湊斗だけは「犬」と聞いてはしゃぐばかりだ。

「――違うな。これはサプライズに歓喜しているときの顔だ」

蒼太は湊斗の反応から、ペットは両親の独断だろうと考えた。

「え？ だからって、いきなり大型犬を買う？」

「嘘だろう！ 前に俺が、ダチのところで生まれた小型犬の里親を探してるから、飼おう！ って、お願いしたときは、うちでは無理よって言ってたのに⁉」

「あのときは、まだ湊斗がハイハイしているような頃だったからじゃない？」

「あ、そっか。そうしたら、湊斗も保育園に行けるようになったし、今なら大丈夫と思ったのかな？」

咲奈と琉成は、突然のペット話に考察を続けるが、蒼太からすれば問題はそこではない。

（え？ ちょっと待って。この、今の状態で大型犬とか、その仔犬《こ》とかが届くのか⁉ 父さんたちを見送ったばっかりなのに⁉）

当然の困惑だ。

届いた荷物のインパクトが強すぎて、咲奈と琉成の意識は大型犬にばかり向いてしまっているが、そういうことではない。

「最後になります。あ、こちらは我が社の専門の業者です。一緒にお届けしたほうがいいかと時間を合わせてきました」

「あ、はい」

だが、そんな蒼太の困惑も余所に、ブチ猫便の配達担当者の背後からは、空気穴があいたピンクのダンボールを抱えた男性が会釈をしながら現れた。

見ればダンボール箱には、洒落《しゃれ》た白抜きのロゴで〝Ｍｉｃｒｏ・Ｐｉｇ〟と印刷がされている。

（マイクロ……ピッグ？　ピッグって、まさか？）

自問自答している間にも、箱の中からは「ぷぴっ」と小さな鳴き声がした。

蒼太が生きてきて、たったの一度も聞いたことがなかった、間違いなく生まれて初めて聞く鳴き声だ。

「わん」でもなければ「くぉん」といったものでもなく、なんなら「にゃん」でも「みゃー」でも「ちゅんちゅん」でもない。

しかも空気穴からは、内側から押しつけられた淡いピンク色をした鼻先らしきものも見える。

（――ブタ⁉）

これには蒼太だけでなく、咲奈や琉成、湊斗まで揃って箱に目を凝らした。

店名なのか、たまたまこの箱しかなかっただけで、中身はまだちゃんと鳴くこともできないような仔犬や仔猫なのか？　だとしても、あの鼻先は⁉

あれこれ想像しながら、顔を見合わせては、首を傾げている。

「細心の注意を払ってお届けしましたが、長時間の移動でしたので、できるだけ早く獣医に診《み》せることをオススメします。かかりつけは作っておくに限りますしね」

だが、一仕事終えた男性には、満面の笑みが浮かんでいた。

茫然《ぼうぜん》としている蒼太を余所に、ダンボール箱を渡すと「この場で確認をお願いします」と開封を促してくる。

蒼太は流されるまま、その場にしゃがんでピンクの箱を開封した。

すると中には、小さくて真っ白な子ブタが入っている。

その円《つぶ》らな瞳をキラキラと蒼太のほうへ向けてきた。

「ぷぴぃ」

視界が広がったことが嬉しいのか、子ブタは短い尻尾を振ってきた。

（ブタも尻尾で感情表現をするんだ――）

そんな、どうでもいいことが、蒼太の頭をよぎる。冷静なのか、すでに困惑から混乱の域に達しているのか、自分でもよくわからなくなってきた。

ただ、強いていうなら、配送が終わった男性の解放感に巻き込まれているようにも感じる。

「可愛いですよね！」

「……はい」

「この子の左後ろ脚の包帯は、預かったときからのものです。治療済みのようですが、一応こちらでも診ていただくほうが安心かと思い、患部だった場所がわかるように包帯をしたそうです。詳しい説明書などは、フードの箱に同梱《どうこん》されているそうなのでご確認ください。では！　このたびはご利用ありがとうございました‼」

最後は業務連絡を捲《まく》し立てるように発して、一礼すると去っていく。

そして、馴染みの配送業者も、これに続いた。挨拶と同時に玄関扉を閉めて、颯爽と足音を響かせて車へ戻ってしまったのだ。

「――え⁉　ちょっ」

蒼太から引き止める声が発せられたときにはすでに遅し、だ。

「ブ～タたん」

「ぷぴっ」

箱から子ブタを抱き上げて喜んでいるのは湊斗だけで、蒼太と咲奈と琉成は、じわじわと込み上げてきた衝撃に揃って声を上げる。

「「ええええええっ！」」

それが店まで聞こえたのだろう。シフトに入っていた江本が、

「どうかしたんですか？」

慌ててバックヤードから顔を出してきた。

そしてその瞬間、湊斗が抱えた子ブタと目が合うと、

「え？　えええええ――っ⁉」

彼もまた、蒼太たち同様に驚きの声を上げるのだった。

3

「とにかく一度落ち着こう」

そう決めると、蒼太たちは二階へ移動した。

「落ち着け、落ち着け、俺も落ち着け〜」

江本もそれに合わせて、店へ戻る。

店は、さすがに通夜から昨日までは臨時休業とした。

しかし、女性パートや江本たち男性アルバイトがシフトの穴埋めを申し出てくれたことで、今日からは従来通りに営業をしている。

これもまたありがたいことだ。

だが、今後考えなくてはいけないことが山ほどある。

それにもかかわらず、突然のペット——それも子ブタの登場だ。

頭を抱えないわけがない。

「大型犬の仔犬でもどうかと思うのに、いきなり子ブタって？　それも生きたまま配送って、受け付けてるもんなの？」

二階へ移動すると、琉成が咲奈に問いかけた。

「ブチ猫便にペット配送があるっていうのは、聞いたことがあったけど——。今、蒼太兄が発送元に問い合わせてくれてるから、私たちは他の荷物を移動しておこう」

「うん」

徐々に冷静さを取り戻し、咲奈がやるべきことを決めていく。

子ブタ以外の大型荷物二つは、嵩《かさ》や重さがあったので、一つずつエレベーターに積んで上げることにした。

そして、ひとまずこれらをリビングとダイニングへ分けて移動するが、一気にスペースを奪われる。

「ケロたん。猫たま。クマたんよ」

「ぷぴ〜っ」

もはや仏壇の前は、賑やかを通り越して、湊斗の遊び場状態だ。

「とにかく抱っこはあとにしよう。怪我のことも確認したいし、一度箱に戻そうね」

蒼太にそう言いつけられたので、湊斗もそれは守っている。

だが、代わりに縫いぐるみを一つ一つ手に取り、箱の中の子ブタに見せていた。

まるで家族紹介をしているようで、こうしたときの幼児の純真さは最強だ。

どうしても「可愛い」より「どうするんだ、これ!?」という困惑が先にくる咲奈や琉成は、顔を見合わせるたびに微苦笑しか浮かばないというのに——。

「あ、荷物を移動してくれたんだ。ありがとう」

別室で電話をしていた蒼太が戻ってきた。

手にした子機を、リビングの壁に設置されていた充電機へ戻す。

「何かわかった？」

「誤送だったとか、中身を取り違えたとかってことは？」

咲奈と琉成が身を乗り出して聞く中、蒼太が「とりあえず座ろう」と促した。

湊斗と子ブタの側に腰を下ろし、咲奈と琉成もこれに従う。

「箱に印刷されていた番号に電話してみた。そうしたら〝Ｍｉｃｒｏ・Ｐｉｇ〟は、マイクロブタ？　ミニブタ？　ようは、ペット専用ブタを扱っているブリーダー兼ショップで、購入者も送り主も間違いなく父さんと母さんだった」

三人で顔を突き合わせたところで、蒼太は順を追って説明をし始めた。

とは言っても、これまでペットを飼ったことがない咲奈や琉成からしたら、驚くことばかりだ。一般的なペットショップやブリーダーのイメージはできるが、そうしたものの中にブタ専用があるというのさえ初めて知ったのだ。

「養豚場の子かと思った」

言われてみれば、以前ブタをペットにするのが流行《はや》った気がしたな、とは思う。

だが、実際に飼った友人知人は一人もいない。

自身や身の回りで起こらないことは、案外「ふ〜ん」程度の反応で記憶から次第に消えていく。

琉成が「生きたまま届いた」ことに困惑していたのも、ブタが一般家庭でペットになるという概念がなかったからだろう。

そしてそれは、咲奈も同じだったようだ。

「——だよな。でも、それがさ。旅行先での自由行動のときに、たまたま地元のブランド豚の直売場へ行ったところで、あの子ブタを連れていたブリーダーさんと会ったんだって。なんでもあの子、生後半月くらいのときに誤って母ブタに踏まれて、後ろの左脚に怪我をしちゃって。治療はして、怪我自体は治っているらしいんだけど、やっぱり少しだけ歪みがあるみたいで……。よほど理解のある飼い主が現れない限り、売り物としては難しいって」

「俺も」

蒼太はときおり子ブタや湊斗に視線を向けつつ、聞いたばかりの事情を説明する。

だが、どうにも言いづらい話なのか、表情が優れない。

「しかも、治療の期間に小屋から離したからか、戻そうとしても親兄弟を怖がるようになって戻せなくなって。かといって、ブリーダーさんが個人的に飼い続けるには難しい状態で――。なんて世間話をしていたら、父さんと母さんが〝ならうちで飼います〟って、言ってくれたんだって。まあ、その状況だったら、黙ってはいられないよね。二人の性格からして」

それでもどうにか言葉を選んで、両親が子ブタを購入した経緯を話し終えた。

「ああ……。光景が目に見えるな。ってか、その直売場って、絶対に養豚場直営の肉屋だろう」

「――え？　でも、ペット用のブタちゃんって、食用にしていいの⁉」

蒼太の湊斗に対する気遣いを察してか、琉成や咲奈も声のトーンを落として、話を続ける。

ただ、いったんペット――家族となるかも？――として認識すると、かえって起こる疑問もある。

咲奈が言ったことは蒼太も思った。

「そこは……。俺も気になったから聞いたんだけど、法的には引っかからないみたい。昔は縁日で買ったひよこが育って、飼いきれなくなったから養鶏場へ持ち込む人もいたとかなんとか……」

「わかった、もういい！　俺たちは罪深い生き物だ‼　これからも両手を合わせて〝いただきます〟と〝ご馳走様〟は絶対に忘れないから許してくれ！」

　ますます説明が難しくなる中、とうとう琉成が頭を抱えた。

「うん。一度家族にした子を、とは絶対考えられないけど。そうでなければ、お肉もお魚も命をいただきます――で、感謝するしかないもんね」

　咲奈も生きていく上での必要最低限の殺生は致し方なしという考えのようだが、チラリと子ブタを見ると、

「ぷぴっ」

「目の前で子ブタの丸焼きでも売ってたのかな？」

「やーめーてーっ。そんなの私でも全財産を投げ出すってば！」

「だよな。俺もそう思う」

　円らな瞳と目が合ったところで、琉成の一言がトドメとなって、即決買いをしたらしい両親の気持ちを理解した。

　両親にしても、その後の自分たちの運命など知る由もなかったのだから、この衝動買いばかりは誰も責められない。

　無事に帰宅し子ブタを受け取ったとしても、おそらく子供たちには笑って誤魔化すしかなかっただろう。

「そういう経緯だから、気持ち程度の価格で、最初に必要な備品は向こう持ちで揃えてく

れたんだって。ブリーダーさんも仕事とはいえ、内心養豚場行きは避けたかったから、父さんと母さんにはすごく感謝していた。改めてお礼もしたいって言われたから、それはもう無理なんですって伝えたら泣かれてしまったし、返品しますかとも申し出てくれた。でも、それは俺が断った」

蒼太は苦笑した。

バスの横転は首都高での大事故だ。ネットニュースだけでなく、全国的にも速報が流れた。紙面にも載ったから、先方にもこちらの事情は大体想像はつくだろう。

しかし、そうした話までしたところで、蒼太は子ブタをこのまま受け入れる決心をした。新たな家族として迎え、最期の瞬間まで面倒を見る覚悟をしたのだ。

「断った？」

「そうしたら、やっぱりうちで飼うの⁉」

「ああ。このまま家族にしますって言った。そうしたら、何か困ったら、いつでも相談にのりますって」

ここでようやく蒼太の顔に笑みが浮かぶ。

「そっか……。蒼兄、即決してくれたんだ。よかった」

「うん。そもそも受け取り名が私たち宛ってことは、お母さんやお父さんもみんなにこの子のことを理解して、受け入れて。みんなで一緒に育ててほしいって、言いたかったんだろうしね」

琉成と咲奈も、すでに迎えるほうに気持ちが動いていたのだろう、安堵の笑みを返す。

「クリスマスも近いし、プレゼントのつもりもあったのかもよ」

今となっては、そうとしか言いようもない。

蒼太が子ブタから視線を遺影に移すと、琉成や咲奈もそれを追った。

「だからって、母さんたちもサプライズが過ぎるよ」

「本当にね」

突然の届け物に、両親の死から気持ちが逸れたのは一瞬だ。

しばらくはこんな毎日を過ごすだろう。

だが、それでも蒼太からすれば、子ブタは両親から贈られた最後のプレゼントであり、新しい家族だ。飼育していくにあたり、どんな困難が待ち受けているのか、今は想像も見当もつかないが、全力で弟妹の笑顔に結びつけていきたいと思う。

「とにかく！　まずはかかりつけの病院を決めて、飼育資料もきちんと読もう。それと、俺は食事の用意をしてみるから、他は咲奈と琉成に頼んでいいか」

蒼太は、そんな願いを叶《かな》えるためにも、まずは目の前のことを役割分担した。

これは両親が再婚したとき、また湊斗が生まれたときにしたことと同じだ。

みんなで新しい家庭を作る、新しい家族を受け入れるのだから、まずは一人一人ができることをしよう。率先して協力し合おうというのが、全員で決めたルールだからだ。

「もちろん！　私、ペットを飼ってる友だちに、オススメの病院を聞いてみる。琉成は箱琉成は箱の中の飼育資料を確認して、ネットでも調べてみて」

「了解！」

　咲奈と琉成も早速手分けをして動き始めた。

　咲奈は着ていたカーディガンのポケットに入れていたスマートフォンを取り出すと、友人にメッセージを送る。

　琉成は蒼太と一緒に、ダイニングでペットシートやフードなどが入ったダンボールを開封した。

「あ、そう言えば名前はどうする？」

　すると、ここで咲奈がハッとしたようにスマートフォンの画面から顔を上げた。

「湊斗でも呼べる名前がいいんじゃない？」

　蒼太は箱の中から子ブタ用のペレットフードと水とフードのダブルボウルを取り出した。

　フードの裏書きを見ながら、キッチンへ移動する。

「そうしたら、このままぶたたん？　もしくはぶーたんとか？」

「ポークンは？」

　咲奈が湊斗基準で名前の候補を挙げるも、琉成は飼育カタログのような冊子を片手に、ニヤリと笑う。

「琉成！　このさい冗談でも、美味しそうなのからは離れようね」

「は～い。あ、待って！　資料に走り書き——、これ多分、母さんだ！」

咲奈から洒落にならないと怒られつつ、琉成が目を見開いて声を上げた。

これには咲奈だけでなく、蒼太も駆け寄り、湊斗もスッと立ち上がる。

「本当だ。お母さんの字だ。〝ぴーのこと〟って書いてある」

琉成が「読み上げるね」と言い、走り書きに視線を落とす。

「えっと……。マイクロブタは、ティーカップピッグやピグミーピッグともいう。帰宅後は、すぐにリビングダイニングを片付けて場所を空ける。屋上フェンスの幅を測って、抜けそうなら網で塞《ふさ》いでピッグラン。あ、でも……これだけだ」

「思いつくまま、走り書きしたのかな？　それにしても屋上にピッグランって」

蒼太はメモ書き通り、屋上で走り回る子ブタを想像するだけで、なんだか胸が熱くなる。

一緒に両親の笑顔まで、浮かび上がってきたからだ。

「多分、この〝ぴー〟って、子ブタのことだよね？　名前っていうよりは、とりあえずメモ用のあだ名っぽいけど」

「でも、そうしたらもう、このまま〝ぴー〟でいいんじゃないの？　資料にオスってあるけど、ぴーならぴーたん、ぴーすけ、ぴー太郎《たろう》とか、いろいろ呼びようもあるし。なあ、湊斗。この子の名前、ぴーでどうだ?」

咲奈と琉成は、メモ書きから子ブタの名前を決めていく。

「ぴー? ぴーたん!」

「ぷぴぃ」

湊斗も子ブタも気に入ったようだ。

周りが明るく、笑顔になっているからか、心なしか子ブタの鳴き声も最初より嬉しそうに聞こえる。

「よし! 決まり。命名〝ぴー〟ってことで」

「うん。湊斗が呼びやすいのが一番だし、これもお母さんたちからのお土産《みやげ》だと思えば、いっそう愛着も湧くしね」

琉成や咲奈がメモを見ながらはしゃぐ中、蒼太はキッチンへ戻ると改めて計量器を用意した。

フードの裏に書かれた説明には、ブリーダーが現在の体重部分に赤丸をつけてくれていて、これに合わせて与える量を準備する。が、到着して初めての食事なだけに、量は控えめにした。

車酔いなどはなさそうだが、長旅で疲れているのは確かだろう。まずは様子見だ。

また、ブタはなんでも食べるイメージだが、栄養バランスなどを考えると、しばらくは市販のペレットフードを中心にしていこうと考える。

「ケロたん。猫たま。クマたん。ぴーたんでしゅ」

蒼太がダブルのフードボウルにペレットと水を入れて戻ると、湊斗が今度はカエルたちに名前の決まった子ブタを紹介している。

「さ、少しだけど」

「わ！　ぴーたん。蒼たんのごはんよ」

蒼太が箱の中にフードボウルを置く。

子ブタのサイズに対して、大分箱が大きいのは、簡易ケージの代わりだろう。

届ける前に新しい箱に入れ替えてくれたのか、中もまだ綺麗だった。

しかし、これが綺麗なうちにケージをセットしたほうがいいだろう。

蒼太は、その場を弟妹たちに任せると、すぐにケージをセットするべく、スペース作りの検討に入る。

リビングは洋間だが、炬燵《こたつ》兼用の座卓が置かれている。

今は季節柄炬燵になっているが、これをダイニング側に寄せるか、いっそ取り払うかすれば、ケージのスペースは確保できる。

弟妹たちは食事を始めた子ブタに夢中だ。

「ところでさ。今更だけど、湊斗の呼び方。猫だけ〝様〟付けって階級が高くねぇ？」

「幼児にとっても、お猫様はお猫様ってことじゃない？　あ、返事きた」

会話のトーンはいたって普通なのに、新しい家族に、琉成も咲奈も湊斗並みにニヤニヤが止まらない。

「蒼太兄。全員一致で、この辺りだと中学校近くの小林《こばやし》動物病院が一番大きくて、先生やスタッフも多いって。専門の幅が広くて、基本の受診時間は決まっているけど、年中無休で夜間救急もあるから安心。あと、院内で子ブタを連れている人を見たことがあるから、担当できる先生も絶対にいると思うって」

読み上げながら、次第に声が弾む。

これには蒼太や琉成も「おっ！」「ラッキー」と歓喜する。

「そうか。なら、安心だな。早速今日にでも電話をして、初診日の相談をしてみよう」

「小林動物病院なら徒歩でも行けるし、よかったな！」

評判と腕のいい病院は、近いに限る。

それは人間にとってもペットにとっても同じだが、話ができないペットならなおのことだ。

「ぴーたん、ごっしょたま！」

今にも箱の中に頭を突っ込みそうになって見ていた湊斗が、嬉しそうに報告をしてきた。

「おっ、食べ終わったか」

「どれ？」

「綺麗に食べてるね。よかった」

蒼太は琉成や咲奈と一緒になって、箱の中を覗《のぞ》き込む。

すると、空になったボウルに右前脚を入れて、お代わりを催促しているような子ブタと目が合った。

「お代わりはないよ。とりあえず、様子を見ないとね」

蒼太は子ブタの前脚を外して、ボウルを取り出す。

「ぷぴっ」

子ブタは後追いをするように前脚を伸ばしたが、箱にぶつかり行き止まる。

そして、そのまま側面にあった空気穴に鼻先を突っ込むと、「ぷひっぷひっ」鳴きながら、猛烈にお尻を振った。

「うわっ。可愛い〜。これって抗議なのかな？　まだお腹が空いてる？」

「さっきの尻尾フリフリより激しいから、それっぽいね」

「蒼たん！　ぴーたん、ごはんって」

思いがけない子ブタの主張に、弟妹たちが揃ってキッチンへ入った蒼太を見る。

しかし、こうしたときの蒼太は、案外一貫している。

「うん。でも、先にケージを組み立てないと。あ、二人とも手伝って」

ニッコリ笑って、あとでと言ったらあとで、だった。

可愛いと甘やかしてしまっては、躾《しつけ》にならない。

躾がされなければ、結局困るのは本人だ。

それは湊斗が生まれたときに家族で決めたことなので、たとえ相手が子ブタであっても、家族になる限りは従ってもらうという構えだ。

「ほーい」

「あ、先にお礼のメッセージだけ打たせてね」

琉成と咲奈は、すぐに納得をした。

湊斗は最初こそ「え～」と言っていたが、

「そうしたら、湊斗はぴーと一緒に、ダイニングにいてあげて。これからぴーの家を作るから」

「はーい」

自分にも役割を振り分けられると、嬉しそうに立ち上がった。

そして蒼太が子ブタを箱ごとダイニングへ移動すると、カエルたち三体を抱えて、あとをついていくのだった。

＊＊＊

一時的に炬燵一式を両親が使っていた部屋へ移動し、畳一枚分はありそうなペット用ケージをリビングの隅へ設置した。

ケージには寝床とトイレを入れても十分な広さがあり、子ブタがある程度の大きさになるまではこれで凌げそうだ。

とはいえ、そうでなくとも賑やかさを増していた仏壇に加え、子ブタのケージだ。

オスだからか、ケージ、寝具、ボウルなどのアイテムは、すべてパステルブルーとホワイトで統一されている。

「ドールハウスのアイテムか？」と思うくらい、一つ一つが可愛い色合いの品揃えだ。両親の趣味――揃ってナチュラルカントリー――には、そぐわない系統だったので、間違いなくブリーダーの趣味だろう。

しかし、いざ置いてみると意外と部屋にマッチしている。

そもそもフローリングのＬＤＫのリビングにモダンテイストなものとはいえ仏壇を、そして炬燵兼用の洋風座卓を置いていたので、部屋そのものにはメルヘンチックな子ブタハウスのほうが似合っていたようだ。

蒼太からすれば、今にも失笑しそうな光景ではあったが──。

（それにしたって、葬儀直後の仏間とは思えないよな。まあ、湊斗たちの気が少しでも紛れるなら、これはこれでありだな）

そうは思っても、せめて仔犬か仔猫なら飼育の想像もつくが、蒼太にとって子ブタは人間の赤ん坊よりも未知の生き物だ。

夜になり、咲奈たちを先に上へ行かせて寝かせたあとも二階に残ってケージの前に炬燵セットを戻した。

いずれは子ブタだけを二階に残して自室へ上がるにしても、今夜は心配なのでここで横になることを決めて、毛布を持ってきた。

場合によっては、子ブタが新しい環境に慣れるまでは、ここで寝起きすることも考えている。

だが、当の子ブタはと言えば、蒼太の心配などどこ吹く風だ。

「すぴ～っ」

（──え!? 寝息？ いびき？ なんにしても、長旅の影響は出ていないみたいでよかった。明日の動物病院の予約も取れたし、先生も何かあれば夜中でも来ていいって言ってくれたしな）

人の気配があるからか、輸送中に比べて新しい住処は心地好かったのか？

もしくは、あれからもう一度ペレットフードをもらうことができて満足したのか、子ブタは気持ちよさそうに眠っていた。

時折淡いピンク色をした鼻先をひくひくさせていたが、まだまだ蒼太の両掌に乗ってしまうサイズの子ブタは、寝ても起きても愛らしい。見ているだけで癒やされる。

だが、このままずっと見ているわけにもいかない。

蒼太はふっと微笑んでから、「よし」と言って子ブタから目を逸らす。

（とにかく、頭の中を整理しないと。何からするべきか、まずは思いつく限り書き出してみよう）

炬燵に入ったままの姿勢で、自身のスマートフォンを取り出した。

本来なら夕飯前には終わらせるつもりだったことを、タスクメモし始める。

大きく分けた項目は、両親、弟妹、仕事、店。これに子ブタを加える。

初七日までを無事に済ませた両親に関しては、まずは納骨を含めて一周忌までに終えることを書き出し、それ以外で今後のしかかってくるだろう保険関係、相続関係については「随時瑛に相談」とした。

事故についてもそうだが、蒼太からすると更にややこしくならないか心配なのが、土地建物を含む遺産相続だ。

贅沢《ぜいたく》な暮らしはしていないが、かといって食うに困ったことはない。

しかし、父方の先祖から引き継いできた土地と建物はそこまで大きくないにしても、ここは港区《みなとく》──それも駅近だ。

祖父が他界したときにも、相続税が云々《うんぬん》と父親が頭を抱えていた記憶が残っているので、そうとうの覚悟が必要だろう。

そう考えただけで、蒼太は固唾《かたず》を呑んでしまった。

だが、だからこそ、自分一人では考えない。自分よりも適性のある人間と一緒に悩んでもらおうと決めて後回しにした。

母方が顧問弁護士のいるような資産家で、父親が外科医という家庭で育った瑛は、隣の分譲マンション──それも最上階で一番広い部屋に住んでいる。

そんな母方の親族間で、以前起こった遺産相続争いを目の当たりにしたことから、土地の時価相場のことなら蒼太よりも詳しい。

蒼太の家が代替わりしたときにも「相続税ってエグいよな」と苦笑し合ったこともある。

こうしたところまで含めて、信頼ができるし頼れる相手なのだ。

(──で、咲奈と琉成。そして湊斗だ)

弟妹に関しては、各自、今わかっている行事関係と今後のケアに重点を置くことにした。

特に咲奈の高校受験は、目と鼻の先だ。

この状況で受験勉強を頑張れと言うのは酷としか思えないし、絶対に無理もさせられないと、蒼太自身は思う。

だが、一番優先するべきは、咲奈自身の考えや、それに伴う行動だ。本人がどう動きたいのか、また思い通りに動けるものなのか、見守る姿勢を見せつつ、必要な協力をしていくことが大切だろう。

行きすぎた気遣いは、かえって負担になる。そういう性格はすでに理解もしているので、蒼太自身は極力これまでと変わらない態度でいることを意識すべきだ。

また、琉成にしたって微妙な年頃だけに、難しいことだらけだ。

しかし、彼も一方的に気を遣われるよりは、頼りにされるほうが嬉しいタイプで、特に湊斗が生まれてからは、自分にも弟ができた。生まれて初めて一方的に守るべき存在ができたことで、責任を持つことに負担と同じほどのやる気を見出せるようになっていた。

こうした一面は、見落としてはいけない。

(うん。咲奈と琉成に関しては、まずは本人の意思を尊重だ。そして、お互いにできることをしつつ、協力し合って生活をしていく。二人の両親代わりは俺が頑張るけど、湊斗にとっての両親は三人で——って感じでどうだろうって、話してみるのがいいかな。湊斗にはできるだけこれまで通りに接して。まずは、そうしてみよう)

方針を書き込み、考えを纏めたところで、蒼太は迷うことなく仕事の項目に「退職」と打ち込んだ。

そして、店の項目には、今後の契約者変更等を含めて、エリアマネージャーの神処《じんじょ》さんに相談、一から経営について確認、学びなどと付け加えていく。

そうして最後の子ブタのところには、明日十時に病院、健康診断をしてもらうと書いて、今夜のところは終了だ。

これ以上は今の蒼太には想像ができない。

日々、一つ一つこなして、その都度起こる状況次第だ。

(これでいい。今、俺にできることはこれしかない)

ただ、最後に蒼太の目を釘付けにしたのは、「退職」の二文字だった。

家計のことを考えるなら、自身の固定給はあるに越したことはない。

両親がかけていた保険内容や学資保険などは、確認してみないとわからないが、何かにつけてお金がかかることだけは想像がつく。

だからといって、自分が働きながら店や家のことまで管理ができるのかと聞かれたら、考えるまでもなく無理だろう。

両親が二馬力でしてきたことを、一人でこなすだけでもできるのかという話だし、かといって今以上の人件費をかけた上で、見合う売り上げを出すのは難しい。

蒼太が当店オリジナルのデリレシピから販売まで関わった経験や、専門学校でも仕入れや原価のことは勉強していたので、ある程度の収支計算はできた。

おそらく、事細かに算出すればするほど、不都合な結果しか出てこないだろう。

このようにある程度わかって、計算できてしまうことが、蒼太にとっては頭痛のもとだ。

(物理的に二人分の時間を俺一人で埋めるのは無理だから、ここはパートさんやバイトさんたちと相談だ。それにしたって、今の売り上げを維持したところで、人件費は余計にかかるし、俺の給料分は入らなくなるんだからマイナスだ。ってことは、今より確実に売り上げを上げなかったら、マイナスが増える一方ってことだよな——)

両親は一度として、聡太の給料を家計費として考えたことはないのだから、始めからないものとするなら、問題は二人分の穴埋めだ。

しかし、蒼太自身はそうは考えておらず、これまでの給料も、必要に迫られた交際費と家に入れていた生活費以外には、手をつけたことがない。

両親は受け取った生活費をそのまま蒼太の将来のために貯金をしてくれていたが、当家には咲奈や琉成だけでなく、保育園に行き始めたばかりの湊斗もいる。

就職したときから、蒼太は自分名義の貯金は、すべて弟妹たちの養育費にしてもいいと考えてコツコツと貯めてきた。

「待て、待て、待て。せっかく入った一流ホテルの厨房やのに、ほんまに辞める気なんか？　父ちゃんたちが揃って早まるな——言うて、わいを叩き起こしにきたで」

——が、ここで蒼太は、突然話しかけられた。

声が耳に——というよりは、直接脳に響いてきたような、不思議な感覚だ。

(?)

ふと、スマートフォンの画面から顔を上げると、湊斗に抱っこをされて寝たはずのカエルの縫いぐるみが前にいた。

正しく言うなら炬燵に上がって、蒼太のスマートフォンを覗き込んでいる。

しかし、この場には湊斗どころか、咲奈や琉成の姿もない。

(え?)

蒼太にとって、何が起こっているのか理解ができないという状況が、両親の事故死を上回った瞬間だった。

今にして思えば、事故に関しては「理解したくない」という気持ちから起こった困惑や混乱であり、正真正銘の不理解ではなかったことを実感する。

だが、これは。

(俺、いつの間にか寝落ちした? 疲労がピークってやつか?)

こう考えるのが、一番手っ取り早い。

なんせ、気を失うように寝てしまってもおかしくない条件はいくらでも揃っている。

しかし、目の前のカエルは、

「店のことなら、経営権を手放す代わりに、本社に場所を貸して、家賃をもろたらええんや。店からの収入が減っても、蒼太が今のまま勤めて、確実に月給もろとくほうが安心やろう？」

どう見てもいつもの縫いぐるみは、普段とまったく変わらないとぼけた顔で、だが理路整然と、蒼太に退職を留まるように説得をしてきた。

仏壇から声がしたなら、成仏できそうもない両親が声をかけてきたのかと思うだろう。内容的にもそれらしいアドバイスだ。

もしくは自分に、退職を引き止めてほしい願望でもある？

それが両親からの助言という形で幻聴に？

――そう思えればまだ救いだったが、聞こえてくるのは勢いのいいおっさんの関西なまりのおしゃべりだ。

両親は共に東京生まれなので、化けて出るにしても有り得ない。

それより何より、蒼太にはこの声や口調には覚えがある。

〝カエルも〝任せろ！〟って、言ってるよ〟

〝おう！　任しとき〟

〝!?〟

一瞬、数日前の朝の光景が脳裏を掠《かす》めた。

これから保育園へ行くというのに、カエルを手放さない湊斗。

そして、それを手放すように、「これはお留守番な」と声をかけた蒼太。

――で、「任しとき」の声だ。

だが、すぐに湊斗が「はい」とカエルを手放したので、蒼太は家を出ることを優先した。

あのときは、ただの空耳だろうと思った。

「蒼太、ちゃんと聞いとんのか！　一宿一飯どころか、長年世話になっとるさかい、こうして代弁しにきたんやぞ！」

呆気に取られる蒼太の反応が気に入らないのか、カエルがすっと立ち上がる。

（え？　ええっ？）

細長い両手を伸ばすと蒼太の両頰を摑《つか》んで、とぼけた顔を近づけてきた。頰に触れるのは縫いぐるみの柔らかい肌触りの生地だった。

「それともまさか、もう――わいの声が届かんようになったんか⁉　蒼太？　蒼太！」

（えええ――っ。何、これっっっ‼）

縫いぐるみから、変なおっさんの声が聞こえるだけでもどうかという状況なのに、顔までブンブンと左右に振られて、しまいにはぺしぺし額まで叩かれた。

もはや、蒼太の頭の中は真っ白だ。

「――あ！　蒼太‼」

理解不能な恐怖と混乱の中で、蒼太は意識を手放した。

その場で目を回すと、パタッと身を倒す。

「ぷぴっ？」

入れ替わるように子ブタが目を覚ました。

「蒼太！　おい、蒼太」

カエルは炬燵に入ったまま仰向けに倒れた蒼太の胸元にぴょんと飛んで下り立つと、その後もぺしぺし頰を叩きながら、声をかけ続けた。

4

ＰＰＰ……ＰＰＰＰ……ＰＰＰ。

（んっ……っ）

翌朝、蒼太はスマートフォンのアラームで眠りから覚めた。

瞼《まぶた》を開けないまま、いつもの癖で頭の上を探る。が、空を切る。

（ん？）

両手を振り回すと、炬燵の天板にぶつかった。

その上でアラームを鳴らし続けるスマートフォンを手に取って、ようやく瞼を開く。

（あ、そうか。俺——、寝落ちしたか？）

アラームを切りながら辺りを見回すも、部屋の中はまだ薄暗い。

いつの間にか横になってしまったが、最初から炬燵の電源は入れずに毛布をかけていたので、そのまま眠ってしまったのだろうと考えた。

アラームを止めてスクロールしたスマートフォンの画面には、昨夜に打ち込んだタスクメモがそのまま自動保存されている。

(あれ？)

ただ、仕事の項目には「退職検討」と打たれていた。

目覚めた頭で考えてもこのことに検討する余地はないが、そう思っているつもりで実は深層にある迷いが指先に現れていたのだろうか？

そう考えてみたが、フッと苦笑いが浮かんだだけだった。

スマートフォンに「退職決定」と打ち変えて、そのあとに「退職願を書く」「忌引きのうちに挨拶と手続きを終わらせる」「退職までの流れを確認」「場合によっては年始の煩忙《はんぼう》期《き》を終えてから退く」「飛ぶ鳥跡を濁さず」などと書き加えた。

自然と息を止めていたのか、決意を文字にし終えたところで、溜め息が漏れる。

(あ、そう言えば、ぴーは？)

蒼太は、昨夜セットしたケージの中を覗きながら、身体を起こした。

子ブタは目を覚ますことはなかったのか、トイレは綺麗なままだ。

今もベッドで気持ちよさそうに眠っている。

(よかった。夜中に調子が悪くなったようにも見えないし。これなら、すぐにうちにも慣れてくれそうだ)

スマートフォンでカメラを起動し、子ブタの寝姿を数枚撮る。

湊斗が生まれてから、よく写真を撮るようになったが、これからは更に増えそうだ。

(改めて見ても、可愛いな。ぴーはブタの中でもそうとうな美少年なんじゃないか?)

すでに思考が、うちの子一番可愛い! の親バカモードになっている。

だが、こうなると腹も据わる。

子ブタ飼育は未知との遭遇でも、最期までしっかり面倒を見るぞ――と、不安半分だった気持ちがやる気に変わる。

「よし! まずは我が家の神様に報告だな。せっかくだから掃除もしておくか」

蒼太は気合いを入れるようにそう言って炬燵から抜け出した。

畳んだ毛布と枕を隅に片付けてから、洗面所へ向かう。

そしてその後は、いつものように小皿に少量の白米をよそい、小鉢に水を入れて、真新しい布巾《ふきん》を携えて屋上へ上がる。

さすがに葬儀に関わっていた間は頭から抜けてしまっていたが、昨日の朝からは供えを再開していた。

これまで毎日の供えは父親の担当だったが、これからは蒼太の担当になるだろう。

――と考えながら、屋上のサンルームに足を踏み入れたときだった。

「へ⁉」

蒼太から意図せず変な声が漏れる。

「おはようさん。昨夜は話にならんかったさかい、朝一なら思うて、待っとったで～。仕事を辞めるなっちゅう話や」

「え？　は⁉」

辺りはまだ薄暗いとはいえ、すでに太陽が昇り始め、電車も動きだしていた。

屋上へ出た瞬間、冷えた空気に全身を震わせたのも、決して夢ではないはずだ。

しかし、祠の前にはカエルだけではなく、長靴を履いた猫にクマと、湊斗お気に入りの三体の縫いぐるみが顔を揃えて立っていた。

加えて、カエルからの挨拶だ。蒼太は驚くと同時に手から小皿と小鉢を滑らせる。

「あ！」

すると、クマが声を上げたと同時に、猫がさっと駆け寄り、小皿と小鉢をキャッチした。

生憎《あいにく》勢い余って白米も水もこぼれてしまったが、食器は壊れずに済んだ。

猫がホッとした様子を見せる。

「飯が！　もったいな……、毛についた！」

だが、こぼれた白米をクマが拾って小皿へ戻すと、一部が掌へ残ってしまった。

更に、手についた米粒を取ろうと、もう片方の手を向けるが、体表の素材は当然同じだ。

被害を両手に広げることになり、「うわっ！　やっちまった」と頭を抱える。

当然、米粒被害は頭部にまで広がり、茫然と見ているしかなかった蒼太もさすがに「ぶっ」と噴き出してしまう。

（――俺は、いったい何を見せられているんだ？　ていうか、幻覚なのか？）

そう思いつつも、「クマさん。それ以上はどこも触らないで」と声をかけ、持っていた真新しい布巾をサンルーム内に設置されている水道で濡らした。

そうして米粒が散った縫いぐるみを、丁寧に拭き始める。

「す、すまんのう」

「どういたしまして」

よくわからない展開だが、カエル以外の二体は咲奈のものだ。

すでに縫いぐるみで遊ぶような歳ではなくなったが、どちらも彼女が幼い頃に実父から買ってもらったという大切な品だ。湊斗が気に入って、遊ぶことに抵抗はなくても、「汚さないでね」「大事に遊んでね」と口酸っぱく言っていたのも、そのためだ。

「はい。取れましたよ」

「おお。ちっと冷たかったが、かえってさっぱりした。面倒をかけてすまなかったのぉ」

「いいえ」

どうして俺は縫いぐるみ相手に敬語なんだ？　と頭によぎる。

その一方で、幻覚でないならまだ夢の中か？　もしくはこれが、現実のようだが夢だとわかる明晰夢《めいせきむ》というやつか!?　と考える。

しかし、まったく夢のような気がしないし、そういった感覚もない。

今も駅のほうから電車が走る音が聞こえ、毎朝供え物を餌にしているらしい鴉や雀たちが飛んできては、サンルームの屋根に下り立っている。

まるで蒼太たちの話を聞きにきたようだ。

「よかったですね。クマ殿。それに、僕らの声もきちんと届いているようですし、これならちゃんと話ができますね。カエル殿」

「おう！ってことだ。蒼太。昨夜の話の続きや」

しかも、このまま話を進められても、疑問が増えるばかりだ。

せめて、どういう状況なのかくらい知りたい。

どうして縫いぐるみたちが自分の前に現れて、話しかけてきているのか？

そもそもこいつらはなんなのか？

嘘でも夢でもいいから、説明がほしいのは人の性《さが》なのかもしれない——。

「まあ、とりあえず座れ」

「いや、待ってくださいって！　その前に説明することがあるでしょう。あなたたちはなんなんですか？　どうして俺に話しかけてくるんですか？」

蒼太は座れと指示をしてきたカエルに向かって訴えた。

誰が見てもおかしなシチュエーションだが、それを考えるのはこのさいあとだ。

蒼太は、その場に座りながらカエルたちに自己紹介を求めた。

少なくとも相手は自分のことを知っている。ここを対等にしないことには、話も何もないだろうと、若干の憤りも覚えているのだ。

そうでなくても、仕事を辞める、辞めないという人生の中でも大きな分岐点に立った内容なのだから——。

「あ、そやな」

「それもそうですね」

「うん。確かにのう」

すると、カエルたちも顔を見合わせながら、蒼太の前に腰を下ろした。

横幅や厚みなどフォルムに違いはあれど、背丈はカエルが体長八十センチ、猫が四十センチ、クマが三十センチ程度だ。

まずはカエルが胸を張って自己紹介を始める。

「わいらは、ここんちに住んどる社家専属の守り神や」

「はっ!? ここんちに住んでいる、専属の守り神?」

蒼太は思わず声に出して復唱する。

すると、今度は猫が側にある祠を指さした。

「はい。本宅はこちらになります。あと、家主はカエル殿で僕とクマ殿は居候させてもらっています」

「そういうことじゃ」

曾祖父の代から引き継いできた石——当家の守り神。

そうした話は物心がついたときから聞いてきた。

「えっ……。ってことは、カエルさんはあの洞に祀った石神様で、今は石から抜け出して縫いぐるみに憑《つ》いてるってことですか？　それで合ってます？　でも、居候って？　氏神《うじがみ》様にもそういうシステム？　みたいなものがあるんですか？」

蒼太は祠とカエルたちを見比べながら、我ながらすごいことを聞いている——とは、思っていた。

しかし、こういう状況なら、夢でもなんでもいいから、気になることはすべて聞いておきたい。

「システムではなく、自然と身体も前のめりになる。

「行きがかり？」

「行きがかり？　って感じですね」

縫いぐるみだけに表情こそ変わらないが、その口調や語尾で苦笑いしているのが伝わってくる。

カエルやクマは、そんな猫と目配せをすると、順番に自己紹介を始めた。

「まあ、まずは聞いてくれや」

「はい」

最初に話し始めたのは、この家——祠の主であるというカエル。

「今となっては百年も前か？　ありゃ、関東大震災の少し前や」

（いきなり、すごいところから始まるな）

出だしから背筋を正したくなるような時代背景だが、カエルは曾祖父との出会いを語り始めた。

当時、まだ子供だった曾祖父が、きゃっきゃと外で遊んでいたら、掌サイズの石に躓き、すっ転んだ。

本来なら「痛いな！」と石を逆恨みしてもいい場面だが、そのとき「危ない！」と声が響き、転んだ曾祖父の目の前を大量の丸太が転がっていった。

坂の上にいた馬車の車輪が外れて横転——荷台に積んでいた木材が曾祖父のほうへ向かったのだが、ほぼ同時に曾祖父が転んだことで、丸太はぶつかることなく過ぎていった。

九死に一生を得たわけだ。

単純に曾祖父の運がよかったと言えるのだろうが、ここで曾祖父は「この石がおいらを助けてくれたんだ！」と、ある意味メルヘンチックな思考に走った。

そしてその石を持ち帰ると、家族に出来事を説明。「おいらを助けてくれた命の恩人なんだ！」と石を見せたところ、両親が「そうかそうか！　よかったな‼」「本当に助かってよかったわ」と涙ながらに、我が子が無事だったことへの感謝を石へ向けた。

そして息子の恩人として綺麗に洗うと、神棚まで作って祀った。

ここまでなら、子供の夢を壊さないために付き合ったのか？　とも思えるが、その後関東大震災が起こる。

誰もが悲鳴を上げて混乱する中で、曾祖父はこの石だけを懐へ入れて、倒壊しかけた家から逃げ延びた。

そして、このことが曾祖父の「おいらの守り神」という石神様信仰を爆誕《ばくたん》させ、気がつけば石神自身も誕生していたとのことらしい。

そして日本は、太平洋戦争に突入した。

大人になり大工となった曾祖父は、徴兵されて戦場へ出るときに、この石を初めて手放した。「どうか妻子を守ってください」と、息子である祖父に石を託したからだ。

また、祖父も「この石には、八百万の神様の一柱が宿っている。我が家を守ってくださる大事な神様だ」と託されたからか、東京大空襲のときには曾祖父と同じように石だけを懐に入れて、母親と共に逃げた。

そして、ここでも無傷で逃げ延びたことから、メルヘン遺伝子が祖父内でも爆発した。

二代にわたって歴史的な大難から守られたとなったら、神様としての地位も確立されてしかるべきだろう。そして今に至る。

父親と蒼太にも「わし亡きあとも子々孫々祀ってゆくように」と曾祖父から言い伝えられ、この石神――当家オリジナルの氏神信仰となったのだ。

（信じる者は救われるとか、イワシの頭も信心からって、こういうことなんだろうな）

蒼太がそんなことを実感していると、続いて猫が、そしてクマが身の上話を始めた。

なんでも猫は、もとは隣がマンションになる前の家――地主のところで祀られていた、その一画の土地を守護する氏神だった。

だが、バブル崩壊と共に、家主も弾けた。

先祖から継いだものに対して、管理能力の有無以前にそのための努力が足りない。その上そもそも氏神信仰がまったくない。地鎮祭の初穂料でさえケチりたがるタイプだったがために、貧乏神《びんぼうがみ》を呼び寄せてしまい、最後は一家どころか一族離散した。

そして、新しくマンションが建ったとき、その新たなオーナーには先祖代々から大事にしてきた氏神がいたので、猫は土地に残る気になれず途方に暮れた。

そこに「こっち来たらどや？　ちーとばっか住むところがズレたとしても、余所へ行くよりはええやろう」と声をかけてきたのがカエルだ。

そして、猫としてもこの地域には愛着があったのだろう。「では、すみません。お世話になります。今後は微力ながら、カエル殿と一緒に当家と土地をお守りします」となったそうだ。

（うわ〜。なんかいっそうメルヘンチックになってきたぞ。そのまま童話になりそうだ）

ただ、クマの身の上話は、更にカッ飛んでいた。

「――え!? この近くの神社を退職した神様なんですか！」

「おう。それでもけっこう、長いこと頑張ったんじゃがの〜。年々、参りにくる者たちの願い事が、希望どころか野望に近いもんばかりになって。なんつーか、疲れてしもうて。そんなときに、そなたの祖父が、石神と一緒に代替わりの挨拶参りに来たんじゃ。そこから石神との交流が始まり、神社を若いもんに任せたあとは、ここに身を寄せさせてもろうてる」

クマは全力で人々に力を尽くして隠居した神様だ。

カエルや猫は言ってしまえば守備範囲が狭い神だが、神社の神ともなると力も強かったのではないのだろうか。格式などあるのかどうかわからないが。

「それはそれは、当家へようこそ」

いつの間にか、蒼太の中でもメルヘン遺伝子が爆発しているような気がしないでもないが――。

それでもこうして話を聞くうちに、「こんなこともあるんだな」と思い始めているところが、やはり曾祖父からの遺伝子のたまものなのだろう。

ただ、蒼太自身が九死に一生を得ることがあったとして、これを〝躓くきっかけをくれた石のおかげで助かった！〟と思うかどうかは、別の話だ。

「正直、その発想はしないかも」と、喉まで出かかっていたのを、止めていたが。

「ありがとう。ここは穏やかでええ住処じゃ。何より、今に生きる若者であるお主が、親から言われるままに石神の存在を受け入れ、信じ、その上——最悪貧しくなって、祠など持てなくなっても、最後まで手元に置いておこうと、日頃から父上共々思ってくれるなんて、奇特としか言いようがない。のう、猫や」

「はい。クマ殿。先代家主を亡くした今、蒼太殿が先祖からの言いつけを信じて守ってくださらなければ、僕だってどうなっていたかわかりませんからね」

そうして一通りの自己紹介を受けた蒼太は、最後にこう告げられた。

「わいらは神を否定しない者の中にのみ生まれ、また生きていられる存在や」

「否定しない者？　信じる者ではなく？」

「そや。何がなんでも信じろとは言わんし、生涯捧げて信仰しろなんてことも言わへん。ただ、存在を完全否定されたら、わいらの声は届かん。そもそもわいらも、そないなもんの中では生まれることも、生きることもできんさかい」

「……なるほど」

聞きようによっては、まるで神が人間の中で生かされているだけのもの——とも、取れる言葉だった。

しかし、その言葉の端々を噛み締めると、蒼太は彼らが言わんとすることを、多少は理解できる気がした。

(確かに信仰とまではいかなくても、いざとなったら〝神様、仏様!〟ってすがる人は、けっこういる。特にこの国だと、無神論者イコール神事を全否定する者たちってことでもないだろうし。そう考えると、八百万もの神様がいても、不思議なことでもないのかな? 物の怪《け》やら妖怪だのって呼ばれるものまで含めたら、一世帯ごとに何かいそうだ)

自然とこんな考えかたをしてしまうのも、父方に引き継がれている思考の影響がありそうだ。

そうでなければ、祠にクリスマス仕様の飾り付けなどされていないだろうから——。

「——ですよね。湊斗くんがいたとしても、蒼太殿が僕の前の主みたいな持ち主だったら、いずれは声も届かなくなってしまう。こうして話もできませんし」

「祠ごとポイされとったかもしれんな〜」

そうして蒼太なりの納得をしたところで、猫とクマが頷き合った。

瞬間、蒼太が更に前のめりになる。

「——湊斗? え⁉ まさか、湊斗はカエルさんたちと、以前から話をしていたんですか?」

蒼太の頭に初任給で湊斗にカエルの縫いぐるみを買ったときのことが思い起こされた。

〝これがいいって〟

今にして思えばおかしな言い方だ。

湊斗自身がほしいのなら「これ買って」か「これがいい」と言うだろう。

二歳児だけに、言葉遣いはまったく気にしていなかったが——。

「もしかして湊斗にこのカエルの縫いぐるみを選ばせたのって、神様ですか？」

「お！　ようわかったな。これまで、いろんなもんに憑いとったんやが、どうも動きが制限される。これなら手足も長くて、勝手がいいやろうな——思うて」

「——やっぱり」

どうりで、湊斗の好みとは思えないものを選んだわけだ——と、蒼太は納得をした。

湊斗がどうやって彼らの声を聞いているのかはわからないが、意思の疎通ははかれているのだろう。

湊斗が両親の突然すぎる死に、一度しか声を上げて泣かなかったのはそのせいかもしれない。

ずっとカエルを抱えて放さなかったが、きっとカエルがどうにか慰めてくれていたのだろう。

もしかしたら、昨夜蒼太が「両親の意見だ」とカエルに辞職に反対されたように、両親からの思いや言葉をカエルが仲介して、湊斗を安心させてくれていたのかもしれない。

「本当は、僕が借りているこちらの二足歩行の猫を、カエル殿にと思ったのですが」

「いや、見てわかるやろう！　こないなお洒落猫ぐるみ、わいのしゃべりに合わへんて！」

「そうじゃな。わしも最初はこれでいいのか、悩んだものじゃ。だが、今では、本来の姿かと錯覚するぐらい、気に入っておるでのぉ〜っ。ほっほっほっほっ」

聞けば聞くほど、すべてがおかしく、まやかしのような話だった。

だが、蒼太には嫌悪や疑問が起こらないばかりか、自然と笑みが浮かぶ。

（クマ神様は、意外と可愛いのが好きなんだな。なんか、仕事を辞めたら趣味全開で弾けたサラリーマンみたいなイメージになってきたけど）

それどころか、蒼太自身もどんどんメルヘン思考に傾いている。

しかし、どこかふわふわとした気分はここまでだった。

「——さ、わいらの紹介は済んだ。昨夜の話の続きや。ホテルの仕事は辞めんほうがええ。店は貸し店舗にしたらええいうんが、父ちゃんたちの意見やで」

急にカエルが姿勢を正すと、蒼太に向かって身を乗り出した。

座ったときには胡坐《あぐら》をかいていたのに、いつの間にか正座をしている。

「正直、僕らにはよくわからないことだけど。ご両親がそう言うなら、そのほうがいいんじゃないの？」

「ふむふむ。どこの誰より、そなたのことをわかっておる者たちだろうしのぉ」

改めて本題に入ったのを感じて、蒼太も姿勢を正した。

ただ、猫やクマもそうだが、カエルも両親の意見を伝えているだけだ。

彼らの意見ではない。

それどころか、猫は「よくわからないこと」だと、さらっと口にした。

神だからすべてお見通しというわけでもなければ、偉そうに意見するわけでもない。

(カエルさん。猫さん。クマさん)

蒼太は、そんな彼らの態度に信頼を覚えた。

「そうですね。それはそうかもしれません。でも、俺には俺の考えがあります。そして、この状況だからこそ曲げたくない気持ち、挑戦したい気持ちがあります。だから、方針は変えません。俺は、ホテルの仕事を辞めて、この店を継ぎます」

だからこそ、彼らに今の気持ちをそのままぶつけた。

「どんな気持ちや？　それって、父ちゃん母ちゃんは納得できるんか？」

「はい。父さんや母さんなら、ちゃんと事細かに説明すれば、俺の気持ちを理解してくれると思います。なぜなら俺は、父さんや母さんの背中を見てここまできたんですから」

カエルは当家の氏神だけに、特に心配そうにしていた。

だが、だからこそ蒼太は、笑みを浮かべてはっきりと答えた。

「一生懸命に働きながら、俺たちを育ててくれた。そんな父さんと母さんを」

遺影に向かっても、また咲奈や琉成たち、どこの誰に向けても堂々と言える、今後の進路を――。

＊＊＊

話を終えた蒼太は、カエルたちと共に下の部屋へ戻った。

カエルたちは、昨夜寝ついた場所――湊斗の布団に潜り込み、蒼太は子ブタの様子を見ながら朝食の準備を始める。

（石神様に、居候の神様たちか――）

正直に言うなら、これが現実なのかどうか、まだ半信半疑だった。

それはカエルたちが湊斗の側で、横になると同時に動かない縫いぐるみになったのを自身の目で見ても変わらなかった。

（パラレルワールドにでも迷い込んだのか？　いや、待てよ。それなら神様たちが、俺の世界に迷い込んできたと考えるほうが、心穏やかでいられるんじゃないか？　もしくは、それぞれの世界がどっかでぶつかって混じったとか――。うん。そんな感じだと思っておこう。俺が生まれ育った世界や、俺自身の居場所が変わったわけじゃないなら、特に問題

はない。よし！　そうしよう）

蒼太は、メルヘン遺伝子を持っているだけでなく、そもそも考え方が柔軟であった。

もしかしたら、このあたりも先祖代々引き継がれている性質なのかもしれないが、自分や家族を守ってくれて、難をもたらす者でないなら問題とは感じない。

ましてや蒼太は両親の綺麗な亡骸に、奇跡を感じたばかりだ。

もし、あれがカエルたちの守護によるものなら――。

そう考えたら、感謝こそすれ、悪意など抱くわけがなかったのだ。

（さて、咲奈たちを起こすか）

手早く朝食の準備を済ませると、蒼太はダイニングテーブルへ先におかずを並べていく。

内線で咲奈に電話し、三人が下りてきたところで、温かいご飯と味噌汁をよそった。

まずは今日の予定について話し合いをした。

その日の午後のこと――。

「やべえな、蒼兄。マイクロブタとか言いながら、二、三年後には四十キロ近くになる可能性大って。しかも、餌をやりすぎると、もっと育つからね――って、先生満面の笑みだった。間違っても、暴飲暴食はさせられないな」

朝食後。蒼太たちはきょうだい揃って子ブタを病院へ連れていき、健康診断をしてもらった。

すると、どこにも異常はなく、健康そのものだった。

当家へ来る理由となった左の後ろ脚の怪我も完治している。

若干の歪みが確認できるが、歩行には問題がなく走ることもできる。

コンテストに出したいわけでもないなら気にするほどではないとのことで、蒼太たちは胸を撫で下ろした。

あとは、帰宅するなり琉成がぼやいたように、改めてマイクロブタの特性や飼育の注意などを教えてもらう。

だがネットで得た情報よりも、リアルに獣医師から説明されたことでブタを飼う現実味が増した。

蒼太も内心、「うわ～」と驚愕《きょうがく》の声を上げてしまったほどだ。

今もケージ横の炬燵でみんなと向き合い、湊斗の膝上でご機嫌にしている子ブタがいずれは――と考えると、つい両親の遺影に視線を向けてしまう。

恨み言を言うつもりはないが、「四十キロだってよ！」くらいは言いたい。

もっとも「だから大型犬用のケージを用意しただろう」と返ってきそうだが――。

「本当。先に診せにいってよかったな。そもそもブタは百キロ以下をミニブタに分類するからね――って説明の時点で、変な声が出そうになったけどさ」

蒼太は内心思ったことを口にしつつも、自分で発した「百キロ」という重量には、やはり苦笑を強いられた。

ここまでくると、もはや大型犬どころの話ではない。人間であっても重量級だが、ブタの世界のミニとマイクロのサイズ感差は想像していたよりも大きい。

「――だよね！　今は、二キロくらいしかないのに。それが、ゆくゆくは四十キロも覚悟してって言われても、想像がつかないよ。まあ、湊斗がぐんぐん育った様子を、今度はぴーたんで見ていくことになるんだろうけど」

咲奈も、今なら湊斗でも軽々と抱っこができる子ブタを見ながら、将来の姿を想像しているのか、頬を引き攣《つ》らせている。

「うわっ！　百キロまで育ったマイクロブタがいるってよ。どんなに品種改良されていても、やっぱり育て方次第で大きくなっちゃう場合があるみたいだ」

琉成はスマートフォンを手に、検索をかけていたようだ。

出てきた実例画像を蒼太たちに向けてくる。

「マイクロ種としての血統は保証付きでも、結局は飼い方次第ってことなのかもね。そう言えば、友だちのところのチワワも大きくなっちゃった――って聞いたから、まさか四キロ近いのかと思ったら、その倍近くに育っていたしね」

咲奈があげた実例に対して、蒼太と琉成は顔を見合わせると「それは本当にチワワなのか?」「八キロ近いチワワ?」と項垂《うなだ》れる。

血統証付きのチワワでもそれならブタでは……と思ったのだろう。

「ぷぴゃ」

そのとき子ブタが声を上げた。

見れば湊斗に首の辺りをこちょこちょされて喜んでいる。

今は小さくて細い脚もパタパタさせていた。

「でも、この円らな目でお強請りされたら、お代わりとかおやつとか余分にあげちゃいそうだよな」

すでに親バカは蒼太だけではなかったようだ。

琉成は「ふぅ」と溜め息をつきつつも、今度は「子ブタ」「太らないおやつ」などのワードで検索をかけている。

「そこは俺たちがぐっと我慢だな。先生から餌の適量も教わったし、あとは日々の散歩だ」

「屋上にピッグランを作れば、運動不足は解消できるかもね。家の前の公園とか」

そんな話をしていると、蒼太の上着のポケットで振動音が響いた。

スマートフォンを取り出すと、メールが届いている。

見ればハッピーストアのエリアマネージャー・神処からだ。

（これから出るので、十分はかかりません——か）

神処が配属されている事務所は、湊斗が通う保育園と同じビル内だ。自転車やバイクなら五分程度で到着するだろう。

「神処さんがこれから来るから、下に行ってくるね」

「「はーい」」

蒼太は炬燵から抜け出すと、その場を咲奈たちに任せて、一階へ下りた。

バックヤードから店内へ入ると、バイトの江本と既婚女性パートの石井《いしい》がいる。

「お疲れ様です」

蒼太が声をかけると、レジ前にいた石井が振り返る。

「お疲れ様、蒼太くん。子ブタちゃんのこと、聞いたわよ。本当、ビックリね。そうでなくても、しばらく落ち着けないでしょうに……」

棚を整理していた江本も、会釈をしながら寄ってきた。

「手伝えることがあったら、遠慮なく言ってくださいね！　湊斗くんの子守でも、子ブタちゃんの世話でも大歓迎です。それに関しては、みんなも同意見だし——。とにかく、俺たちにはドンと甘えちゃってくださいよ」

「ありがとうございます。助かります」

勢いよく親指を立てて笑う江本に、蒼太は改めて頭を下げる。

店の仕事だけでも十分気を遣ってもらっているので、これ以上甘えるつもりはない。

だが、彼らの気持ちが嬉しいのは確かだし、今の蒼太にとっては心強いばかりだ。

「それで、蒼太くん。仕事はいつから？　お店にはしばらくは神処さんが応援にきてくれるんだったわよね？」

店内に客がいなかったからか、石井が聞いてきた。

普段は自他共に認める肝っ玉母ちゃんで、とても豪快な彼女だが、今はその影もない。

むしろ、何事にも慎重に、用心深く対応することで、少しでも蒼太や店の力になれればという思いが伝わってくる。

「――はい。事情が事情なので、優先的に顔を出してくれるそうです。ただ、うちがたまたま事務所から近いだけで、神処さんの担当エリアは広いですから。そう甘えるわけにはいかないと思っています。でも、契約のこともあるので、一度しっかり話し合いはしないといけないし。今日、これから来てくださるんで、早速――と」

「まさか、お店を閉めちゃうんですか？」

蒼太が「契約」と言ったからか、江本がレジの中から身を乗り出した。

バイトとはいえ、彼らにだって生活がある。この状況で、不安は感じていたのだろう。

するとと、石井もこれに反応をした。

「――え⁉　それなら居抜きで貸すほうが収入になるんじゃない？　ここは比較的常連さんがついているお店だし」

「あ、そうか。でも、本社が借りてならわかりますけど……。さすがに個人のオーナーが家賃を払うのは、難しいんじゃないですか？」

「そうね。借りるのはけっこうな額だろうし。その上、ハッピーのロイヤリティまで考えたら――。ここは立地がいいけど、売り上げどころじゃなくなるか」

パートやバイトではあるがベテラン揃いだ。

少なくとも、蒼太と同程度の知識は持っている。

「でしょう！　だからフランチャイズ系のオーナーさんって、家主とか地主が多いんだろうし。賃貸での経営は難しい。やっぱりハッピー本部が借り上げてくれるのが、コスト的には一番よさそうですよね」

「そうね――。あ、ごめんなさい。勝手な話を」

「すいません！」

つい夢中になってしまったのだろうが、石井が黙っている蒼太に気付いてハッとした。

江本共々、慌てて謝罪をしてくる。

「いいえ。謝らないでください。やっぱり石井さんたちは詳しいなって、聞き入ってしまっただけなので。これなら、今後も力になってもらえるだろうなって」

蒼太は、頭を上げてください――と手振りで示しつつ、彼女たちの存在を頼もしく思い、ニコリと笑った。

「え⁉ 今後も？」

「ってことは、店はこのまま！」

二人の顔が、一瞬でパッと明るくなる。

そのとき「ピンポーン」と店内にチャイムが響き、自動扉が開いた。

「こんにちは」

入ってきたのは三十代半ばのスーツ姿の男性で、ハッピーライフ本部の社員。現在は港区界隈を担当総括しているエリアマネージャーの神処俊輔《しゅんすけ》だ。

一見、金融系の営業マンにも見えそうな銀縁眼鏡《めがね》のインテリ男性だが、笑うと目がないんじゃないかと思うほど、顔をくしゃっとさせるところがとっつきやすくてチャーミング。人当たりもよく、オーナーや店員たちからの評判もすこぶるよい。

「あ、神処さん。お忙しいところ来ていただいてすみません。本来なら、俺から行くべきなのに」

「そんな堅苦しいことは言わないで。それに受け持ちの店舗回りは私の仕事なんだから」

「ありがとうございます。では奥で」

蒼太は軽く会釈をしながら、彼をバックヤードへ促した。

「お店のほう、お願いしますね」

「「はい」」

店は引き続き石井と江本に任せて、自身も奥へ入って、扉を閉める。

「あ、まずはご両親にお線香を、いいかな？」

「はい。何から何まですみません」

それもそうだと思い、蒼太はバックヤードから自宅へ入り、せっかくなのでエレベーターで神処を二階へ案内した。

リビングへ通すと同時に、咲奈や琉成から「いらっしゃいませ」「神処さん、こんにちは」などと声がかかる。

「じんたん！　いらたい」

「はい。おじゃましま――‼」

ただ、神処は満面の笑みで挨拶をする湊斗の腕に、子ブタが抱かれているのを見ると一瞬にして言葉を詰まらせた。

「ぷぴっ」

「……」

いきなり子ブタがいたことに驚くと同時に、円らな瞳で愛想よく尻尾を振られて、抱いていただろう感傷が半分くらいは飛んでいるのが蒼太にもわかる。

（子ブタの効果ってすごいな。みんなが気落ちしていておかしくない状態なのに、突拍子もない存在感が気分を上げるというか。仔犬や仔猫の可愛い、癒やされるとは、また違うんだよな――。パンチが利いてるっていうか、インパクトがあるっていうか。でも、今のうちにはこれがいい。届いたのが子ブタでよかったんだなって、心から思える）

そんなことを考えながら、蒼太は神処を仏壇へ。

彼が手を合わせている間にコーヒーと菓子を用意し、咲奈と琉成には湊斗と子ブタを連れて三階へ行くように促した。

そうして、線香を上げ終えた神処に、ダイニングテーブルを勧める。

「このたびは本当に――。なんて言っていいか」

「とんでもない。こちらこそ、仮通夜のときからいろいろとお気遣いをいただいて、感謝してもしきれません。ありがとうございます」

向き合って座ると、互いに頭を下げる。

そして、顔を上げると、

「『それで、今後のこと……』」

見事に声が重なり、ハッとする。

お互い、自然と笑みが浮かぶ。

「失礼。蒼太くんからどうぞ」

だが、こうした場の仕切りは神処のほうが慣れている。

蒼太は「はい」と答えて、姿勢を正した。

「では、先に失礼します。今後のことなんですが、この店は、俺がホテルの仕事を辞めて引き継ぐと決めました。慣れるまでは、多方面にわたりご面倒をおかけすると思います。ただ、できるだけ早く、迷惑をかけないようになりますので。どうか、ご協力をお願いできないでしょうか」

しかし、蒼太が迷うことなく今後の方針について話す一方で、神処は驚き、笑顔を強張らせる。

「……仕事を辞める？　ちょっと待って、蒼太くん。気持ちはすごく嬉しいし、本部としては、それが一番ありがたいことなのは確かだよ。けど――、ごめんね」

神処はいったん息を深く吸い込んだ。

そしてゆっくり吐き出すと、改めて蒼太の目を見て話し始める。

「ちょっと個人的な意見になるけど、聞いてほしい」

真剣な彼に、蒼太も力強く頷く。

「ひとまず店のことだけを考えたときに、物理的にご両親が抜けた分を蒼太くん一人が埋めるのは無理だよね？　若さで補うにしても、一人はバイトを増やすことになるだろう。それなら、君がホテルに勤めながら店は本部に貸すという形が、いいんじゃないのかな？　店長を雇うのも一つの手だけど、今回のような事情ならうちでは契約解除をしても違約金は免除される。だから経営管理を本部に丸投げして——。そのほうが、精神的な負担が全然違うと思うんだ。だって、今後は家事や育児もあるんだよ」

神処の意見は、カエルたちを通して伝えられた両親の考えとほぼ同じだ。

どちらも世帯収入云々より、まずは蒼太にかかる負担を考えてくれている。

特に神処は、自身が独身なこともあり、家事や育児がどれほど負担になるのか、わからないだけに心配をしているようだ。

「相場の家賃を払えるかどうかは、本部との交渉になる。けど、私もできる限りのことはする。生活のほうは保険で凌げる部分もあるだろうし……。蒼太くんが無理をして身体を壊すようなことになったら、それこそ弟妹さんたちはどうするんだい。それに、調理人になることは君の夢だったんだろう」

仮に、どちらを選んでもいったんは収入が落ちる覚悟が必要ならば、せめて精神的な負担がかからないほうを選ぶのは、自然な流れだろう。

何より、身を粉にして働くのは同じならば、自ら選んだ道で——と考えるのも、また当然だ。

しかし、これに対して蒼太が口を開こうとしたときだ。

「そうだよ、蒼兄！　いきなり、何、言いだすんだ！」

「私も仕事を辞めるのは反対！　神処さんが言っていることは正しいよ。理想や努力、根性で補えることと、そうでないことはあるでしょう。第一、せっかく入った一流ホテルの厨房だよ！　蒼太兄が努力して叶えた夢の職場じゃない。絶対に辞めたら駄目だよ‼」

琉成と咲奈がダイニングに入ってきて、声を上げた。

気になって様子を見に戻ってきたのだろう。

一緒に連れられた湊斗の手にはカエルが、咲奈の手には猫とクマが、琉成の手には子ブタが抱かれている。

心なしか蒼太には、カエルたちが「ほれみろ」「ですよね」「う〜ん」と溜め息まじりにぼやいているようにも聞こえる。

しかし、こうした反対をされることは、蒼太も想定内だ。

突然カエルの縫いぐるみから「待て、待て、待て」とストップをかけられるよりは、よほど冷静でいられる。

蒼太の選択はみんなにとってそれほど想定外だったのだろう。

「神処さん。お気遣いをありがとうございます。琉成や咲奈も、ありがとう。でも、俺も短い時間ながら、真剣に考えたんだよ」

「いや！　だとしても、考える時間が短すぎるだろう。数時間で決心するようなことじゃないっていうのは、部活バカの俺でもわかるぞ！」

琉成など、自分を下げて蒼太に「どうかしてる」と詰め寄ってきた。

「蒼たん。おしごと……、やめたうの？　あ、ずゅっとおうちにいりゅの！」

こうなると、蒼太が毎日休み――自分と遊んでもらえるとでも想像したのか、見開いた目を輝かせる湊斗しか味方がいない。

「湊斗。今は〝しー〟だよ。こっちでぴーやカエルたちと遊んでようね」

「――」

だが、小さな味方も、咲奈の圧で一捻《ひとひね》りだ。ニッコリ笑ってみせてはいるが、その目は「黙れ！」「逆らうことは許さない‼」と言っている。

しかも、それだけならまだしも、咲奈は琉成に目配せをすると、湊斗と子ブタ、カエルたちを纏めてリビングへ移動させる。

そして、何を思ってか、

「悪戯《いたずら》しないように、ちょっと見ててね」

仏壇に向かって言い放った。

苦しいときの神様、仏様、御先祖様なのだろうが、咲奈もそうとうテンパっている。

ただし、社家では実際にカエルたちが「おう。任せとけ！」とばかりに、蒼太にのみわかるように小さく手を振っていたが――。

（やっぱり、いるんだ‼）

蒼太は反射的に手を振り返しそうになったが、そんなことをしたら湊斗以外は大パニックになるだろう。今は大事な話の最中だ。

咲奈と琉成がダイニングへ戻ってきたところで、改めて深呼吸をして背筋を伸ばす。

こうなれば、全員纏めて説得だ。

二度手間が省けると思えば、いっそう気合いも入る。

「咲奈、琉成もここへ座って。気持ちはありがたいけど、これぱかりは結論を出すのに、時間は必要ないんだよ。俺なりに生活のパターンは考えた。けど、ホテル勤務と家のことを両立するのは、俺自身が持たないんだ」

蒼太は弟妹に向けて話すことで、神処に聞いてもらう形を取った。

一緒にカエルたちも聞いてくれるだろう、なんなら両親や先祖も。そう信じながら、自身の職場環境についての説明から始める。

ここを詳しく知ってもらった上で、理解を求めようと考えたからだ。

「待って。家のことなら私だって精いっぱいするよ」

「俺だって！」

「そこは想定済みだよ。咲奈と琉成にも頼るつもりで考えた。もちろん勉強と部活が最優先なのは変わらないけど、今までよりは子守も家事の手伝いもやってもらうつもりだ。酷い兄だとは思うが、しっかりあてにしているから」

「「うっ」」

そうして、手伝いに関しては、笑って二人を黙らせた。

やはり、最初から彼らをあてにすると決めた方針は正解だ。

神処は不覚にも笑いそうになっている。

「――で、その上で。事情を話せば、九時五時仕事に変えてもらえる可能性はある。けど、それだって、いつ湊斗が調子を悪くして保育園からお迎え要請があるかわからない。それに湊斗の保育園は、うちがコンビニ経営をしているから通えているんであって、賃貸に出したら対象外になる。保育園から探し直しだ。待機児童が溢《あふ》れるこのご時世に、仕事どころじゃないだろう」

ただ、ここで神処がハッとした。

湊斗の保育園に関しては、頭から抜けていたのだろう。

フランチャイズ契約の解約や居抜き賃貸といった金銭面、また蒼太自身の労働時間やそれに対しての負担は想定できても、これは完全に見落としていた。

痛恨の一撃を食らったかのように、ガックリと項垂れてしまう。

蒼太は更に続ける。

「そして、一番肝心なのが、もしも九時五時にしてもらうとなったら別部署へ異動になるだろう。そうしたら調理場に立てない。仮に、今の部署で俺だけが時間の都合をつけてもらえたとしても、そんなのいたたまれないし、かえっていづらいよ。俺自身が持たないっていうのは、そういう意味だ」

今年入ったばかりの職場でも、ある程度の想像はつく。

病院から知らせが入れば、送迎部が弟妹たちにまで車を手配してくれるような勤め先だ。料理長を通して人事に相談をすれば、きっと万全の体制を取ってくれるだろう。

だが、そもそもホテルはコンビニエンスストアと同じで、二十四時間、三百六十五日の営業だ。ほとんどの部署が交代勤務制で、九時五時仕事の部署なんてない。どこの部署へ行っても申し訳なさは拭えないだろうし、調理場に居続けるとなったら尚更だ。

湊斗の保育園事情を抜きにしても、蒼太にとってこれ以上の負担はない。

「蒼太兄」

少し視線を外した蒼太の名を、咲奈が切なそうに呼ぶ。

また、琉成はぽつりと「そっか」と呟き、神処はぐっと息を呑んだ。

蒼太は、今一度視線を咲奈たちに戻す。

「それなら店を継いで、全力で守っていくほうがいい。労働時間でいえば、確かに増えるだろう。けど、自分が店に立つ時間帯を調整すれば、家のことにも気を配れるし、何より、仕事としての調理からも離れなくて済む」

「ちょっと待って、蒼太くん。仕事としての調理ってことは、この店のオリジナルデリカのこと？　店内調理？」

しかし、ここで初めて出てきた内容に、神処が食いつくように確認をしてきた。

「はい。今までは時間があるときに、仕込みの手伝いをする程度でした。けど、メンチカツも二種の唐揚げもレシピは俺が考えた、この店だけのオリジナルです。それを誰かに教えて、作業を代わってもらおうとは思えないし。俺がこの手で作りたいし、直接お客さんに届けたいって思うんです」

蒼太はこれまでにないほどはっきりとした口調で、そして笑顔で答えた。

その視線は神処に向けられているが、咲奈と琉成にも思いを伝えている。

当然、カエルたちにも、だ。

「店の仕事をしつつ、空き時間に作業するのは同じですが、これだって俺にとっては立派な調理です。自分の作った料理で人を笑顔にしたい、美味しいって喜んでもらいたいっていう夢は十分見続けることができます。むしろ、レジ横の小さなスペースであっても、ここが俺の店だって思える」

「蒼太くん」

「新しい生活と仕事のサイクルに慣れたら、新商品を増やしたり、スペースを拡大したり。新たな夢も持てる。そんな都合のいいことばかりではないってわかってますし、現実は甘くないって言われるのも覚悟しています。でも、何も試さない、挑戦しないうちから諦めたくはないんです。無念だった父さんと母さんの死を、俺が夢を諦めるという言い訳には使いたくないんです！」

蒼太にとってこの決断は、引き換えるものが大きかったとしても、自身の夢を手放すことにはならない。

両親は亡くなってしまったが、それでも店内調理付きの店舗という、新しい夢を見られる場所を残してくれた。

蒼太は今になって知ることになった〝奇跡〟という言葉の意味や解釈を無駄にはしたくなかった。

最悪な事態の中にある、ほんのわずかな救い――これを全身全霊で生かして、明日の希望に繋げたかったのだ。

「――っ」

思いがけない熱意をぶつけられて神処が再び息を呑む。

咲奈や琉成も同じだ。

「このコンビニエンスストアは、俺の実母が亡くなったときに、父と祖母が、どうしたら働きながら俺を育てられるか。できるだけ側にいられるかって考えて、一念発起して始めた店です。ちょうど、貸店舗にしていた一階の契約が切れたタイミングもありましたが」

蒼太はなおも話し続ける。

「父だって本当なら、当時の勤め先、ハッピーマーケットで働き続けるほうが、いろんな面で楽だったと思います。けど、うちは祖父が宮大工だったもので、常に全国を渡り歩いていました。だから、父はそんな祖父を尊敬はしていたけど、やっぱり小さい頃は寂しかったそうです。だから、いつか子供を持ったら、自分は毎日家にいる父親になりたい。それが細やかな夢だったそうで。それもあり、思いきって上司に相談をしたら、同グループであるこのコンビニエンスストアはどうかと薦められたんだとか」

この話は、カエルたちなら知っているかもしれないが、咲奈や琉成は知らない。

神処にしても、まだ入社前のことだ。

当時、まだ幼かった蒼太が知っているのは、祖母から聞かされていたからで、父親はこの話はいっさいしなかった。

おそらくは、蒼太に〝父は俺を育てるために自分を犠牲にしたのか〟と誤解を与えかねない上に、父に寂しい思いをさせたと祖父が知って落ち込むかもしれないからだろう。

地元で大工をしていた曾祖父と違い、祖父の宮大工は仕事の請け方が違う。祖父なりに夢と希望を持ってその職につき技を磨いたのは確かだが、家族と過ごす時間をあまり持てなかったのも事実だった。

「祖母だっていつまでも若くはないし。小さいながらも事業を興すなら、体力も気力もあるうちだと思ったようで――。あと、父が母との再婚に踏みきったのも、このことに理解があって、一緒に働きながら子供たちを育てていこうって意気投合できたのが、決め手だったって聞いています」

蒼太は、祖母がこの話をしてくれたからこそ、父親が自分のために仕事を辞めた、志を変えたんだと思わずにいられた。

むしろ、毎日子供たちに「いってらっしゃい」と「お帰り」を言えることが喜びや励みにもなっていたと教えてもらえた。

そしてそれは、日々挨拶を交わしてきた蒼太も同じだ。

だから、蒼太は咲奈や琉成にはっきりと告げたのだ。間違っても、弟妹たちのために夢を諦めた、自己犠牲を選んだという誤解だけは、してほしくなかったから――。

「そうだったんだ」

「お母さんとお父さんが……」

琉成と咲奈が安堵の笑みを浮かべる。

その様子に蒼太もホッと胸を撫で下ろし、今一度背筋を伸ばして、神処に話を続けた。

「とにかく俺は、物心ついたときから、そういう父親の背中を見てきました。そして、今の母の背中も。だからこそ、俺は咲奈と琉成と湊斗をこの手で守り、育てていきたいし、この店もこの手で経営していきたい」

神処も黙って蒼太の話を聞き続ける。

「無謀で調子のいいことを並べているんだってことはわかっています。夢や理想を追うのには厳しい現実があることは、俺も承知しています。でも、だからこそ力を、そして知恵を貸してください！」

蒼太は両手をテーブルへつくと、改めて神処に頭を下げた。

「努力も勉強も惜しみません。できることはなんでもします。協力したことを後悔させるようなことだけは決してしません。なので、どうか――。俺に力を貸してください！」

協力と指導を願った。

目的を果たすという意味だけで見るなら、一石二鳥と言える選択だ。

しかし、実感としてそう思えるのがいつになるのかはわからない。

日々できる限りのことをしていくだけだ。

蒼太の真剣さに神処も姿勢を正した。

「了解」

蒼太だけでなく、咲奈や琉成までもが緊張する中、力強く言い放つ。

「本当ですか！」

蒼太が顔を上げて身を乗り出す傍らで、咲奈と琉成がハイタッチをしている。

誰も気付いていないが、リビングではカエルたちも肩を抱き合い、子ブタを抱く湊斗の頭をぐりぐりと撫でていた。

「セルフ社畜に二言はないよ。正直、お父さんの社さんには入社したての頃からお世話になっていた。親会社であるスーパーマーケットの社員と繋がりを作ってもらったり、そのパイプもうんと太くしてもらった。だから俺は、店や蒼太くんたちの生活をまずは安定させることに尽力するのが恩返しだと思っていた。例えば居抜きで借りた場合、本部にどれだけ賃貸料を払わせるか――、その交渉が私の最大の見せ場だろうって」

神処は力強く頷いてみせたあと、自分が蒼太たちの父親に恩があることを明かした。

また、それを返したくて、今日も策を練ってきたのだと――。

「けど、蒼太くんがそこまで言うなら、俺も考えを改める。この港区のエリアマネージャーの、いやハッピーライフの社員として腹を据える」

各地にいるエリアマネージャーの中でも、神処は若いほうだ。

それなのに都心の一エリアを任されているのは、本人に力があったのは当然のことだが、それを最大限に生かすことのできる人脈や教えもあったのだろう。

蒼太からすれば、それだって神処の人柄ありき――だ。

父親にしても、彼の人柄を認めたからこそ協力したのだろう。

「まずは新たなオーナーを支えて、経営を安定させる。そして、オーナーとその家族の生活を守る。当然、それには確固たる売り上げが必要だ。みんなで笑顔になるには、結局ここが最大のポイントだからね」

それにしても、神処から放たれる言葉は力強く、また熱かった。

「神処さん！」

やはり、彼にすべてを晒《さら》して頼ったのは正解だ。

自身の選択にやる気や覚悟はあっても、不安がないと言えば嘘になる。

だが、それさえ今では高揚に変わった。

「事務所に戻って、電卓を叩くよ。この店の売り上げや、蒼太くんの勤務形態や時間などを客観視するには、数字で見るのが一番早い。シンプルなやり方だが、現実を見ないことには、夢や希望も具体化できないからね」

神処は蒼太に一笑してみせると、勢いよく席を立った。

「ありがとうございます！」

蒼太もあとを追うように席を立つと、善は急げとばかりに動き始める神処を見送った。

5

蒼太が「店を継ぐ」「自身の夢はここで叶える」と決意表明をした翌日、土曜日。

昼前に神処が訪ねてきて「数字を元にしたいくつかの経営パターン」を見せてくれた。しかも神処は、あくまでも蒼太が今以上の無理をしないことを優先し、家事・育児にかかる時間を考慮し、調理・オーナー店長としての労働にあてる時間の上限を設定した上で、どういう形で店を切り盛りしていくのが一番建設的かというプランを考えてきてくれたのだ。

「総じて負担が少ないのは、これだと思う。店を最寄り駅の始発前と終電後に合わせた営業時間にする。ようは、五年前のリニューアルオープン前の時間帯に戻すんだ」

神処は、バックヤードの休憩スペースに置いた座卓に着くと、店内には漏れないように声を落として、数枚の刷り出しを蒼太の前に並べていった。

一パターンに対してメリットとデメリット、それに対する簡単な収支計算もされており、中でも一番のオススメから説明し始める。

「始発と終電ですか？」

「ああ。そうなると深夜の四時間半を閉めることになる。けど、現状の売り上げとシフト状況を見るなら、この分の売り上げとこの時間帯にかかる人件費は相殺できる。むしろ、深夜割増しの時給だし、今支払っているバイト代の一人分くらいはカットできると同時に、一人分の作業自体が不要になる。これなら蒼太くんがその一人分を埋めればいいことになるし、店の利益率自体は変わらない。総じてと言うのは、そういう意味ね」

大手三社を始めとし、コンビニエンスストアは基本年中無休のところが多いが、ハッピー系列は営業日時は選択制だ。

本部が用意した店舗でオーナーをやるにしても、自前の土地でやるにしても、最終的にはオーナーが決めることができる。

また、ロイヤリティも他社に比べて低く、当店のオリジナルデリカのように、オーナーが自由にできるコーナーも設けることができる。

このあたりは、薄利多売がモットーのハッピーマーケットの創業者一族が決めた独自のルールと言える。

ただし、知名度と宣伝力の面では、やはり大手三社は別格なので、どこを選ぶかはオーナーの考え方次第だろう。

蒼太の父親がハッピーライフを選択したのは、元の勤め先が母体のスーパーマーケットだったこともあるが、やはり一番の決め手は自由度とロイヤリティだったと聞いている。

「ご両親はフルタイムで店には出ていたものの、子供のこともあり、ある程度の余裕を取ったシフトを組んでいた。だから、深夜帯を削ったところで、深夜専門のバイトの仕事がなくなるような組み方もしていない。もともと日中専門のパートさん以外は、融通の利くバイトさんとご両親で切り盛りをしていたからね」

神処は、更に事細かく説明をする中で、従業員への配慮も示してくれた。

蒼太は数字が並ぶ資料を見ながら、ただただ頷く。

「もちろん、深夜割増しを見越してシフトを入れているバイトさんもいるだろうから、ここに関しては気持ち時給を上げることで、交渉はできると思う。もしくは、いっそ定休日を設けるとかね。曜日ごとの売り上げや土地柄から見ても、土日のいずれかが可能だよ。利益率的には少し下がってしまうが――」

従業員との摩擦だけは避けたいところだ。

そこまで考慮に入れた神処のオススメパターンは説得力がある。

しかし蒼太は、この深夜帯や土日にもそれぞれ常連客がいることを知っている。

また、事情が事情だけに、深夜帯を潰したときに江本たちが文句を言ってくることはないだろうが、それでも今までのシフトが変わるということは、生活サイクルも変えることになるだろう。時給を上げても少しは収入も下がる。

「今のままの営業時間だと、難しいですか？」

他人のことまで気にかけている場合でないのは、百も承知だ。

なのに、蒼太はつい聞いてしまった。

夢や理想に向かうため、まずは現実を見極めようという提案なのに――。

「やってやれないことはない。ただ、利益率が下がる覚悟はいる。営業時間を調整しないのであれば、新たに従業員を増やすか、今いる人たちに時間を増やしてもらうかの二択になるし。更に利益率も維持したいとなると、人件費をカバーするだけの売り上げアップをする必要がある。もちろん蒼太くんならすでにわかっているだろうけどね」

神処は別のパターン用紙を示して、ニコリと笑った。

無理なことを言う蒼太に機嫌を損ねる様子もなく、むしろ「わかるよ。その気持ちだけはね」と付け加えてくれた。

「――はい」

二兎《にと》を追う者は一兎をも得ず――だ。一人で二人分の労働はできない。

そもそも両親が、嬉々《きき》として二人で三人分働くタイプだった。

そのことまで数字化して、突きつけてくる神処には、蒼太も微苦笑しか浮かばない。

(わかるよ。その気持ちだけはね――か)

そうして、手短にだがオススメのパターンを説明し終えると、神処は「残りは細部がちょっと違うだけだから、見ておいて」と言い、帰り支度を始めた。

年中無休の店舗を含めた、コンビニエンスストアのエリアマネージャーだ。

彼はこれから他店を回り、店内の確認やオーナーと話し合いをする。

セルフ社畜とはよく言ったものだが、おそらく蒼太が受け取ったパターン資料の作成には、彼の私的時間も費やされたことだろう。

「ここは、流行病で畳んだ店も多い中、しっかり生き残った一店だ。他社店舗との競合もある中、ご両親を中心に一致団結して、今に至っている。本部からもできる限りのフォローをしてと言ってもらっているから」

神処は、そうした忙しい中でも自身の思いや本部の考えを伝えてくれた。

親の背中を見て、また仕事を見て育ったとはいえ、まだスタート地点に立ったかどうかもわからない蒼太にとっては、心強いなんてものではない。

「ただ、蒼太くんがどういう営業パターンを選ぶにしても、今の段階でこれ以上のシフト変更は難しいし、せめて勤め先のことが落ち着いてから決めていくってことで、どうだろう。人が足りない分は、こちらからも協力をさせてもらうし。私もだけど——。蒼太くん自身が実際にオーナー店長として働いてみなければわからないこと、気付けないことも多いと思うんだ。何よりご家庭のこともあるしね」

また、すぐにでもどうにかしようという焦りも見抜かれていたのだろう。

あらかじめ全部決めればいいというものでもない。下手をすれば、決めたことがかえって自分の首を絞めることもある。様子を見ながら処理したほうがいい。そういうことを言いたいのだろう。

「――そうですよね。まだ忌引中ですし」

とはいえ、大きな覚悟をしただけに、何か始めないと落ち着けないのも事実だ。

蒼太は溜め息まじりに肩を落とす。

するると、そんな肩を神処がポンと叩いて微笑む。

「あと、むごい言い方になってしまうが――。ご両親はどちらも一度、伴侶と死別をされている。だから保険には手が抜けないんだ――なんて話を社さんにされたことがある。それに、今回はツアー中の事故だ。旅行会社からの死亡保障は、無条件に下りるはずだから。そうした分まで含めて、家計の収入を見るようにして、今後の営業パターンも検討をしてほしい」

(保障が無条件？　家計としての収入？)

蒼太の中で、この瞬間まで「それはそれ」で「これはこれ」だったことに気付いてハッとした。

両親のかけていた生命保険の確認や事故関係での保障は後回しというか、店のことを決めてからだと思っていたが、そもそも一家の収支として見るという考えがなかったのだ。

特に事故関係は瑛と相談しながら――と思っていたので、ツアー中の死亡保障と言われても、すぐにピンとこなかった。

それどころか両親を奪われた挙げ句にお金の話で揉《も》めるのか？　そうでなくても、相続のこともあるのに――という嫌悪しかなかった。

だから無意識に両親の死と引き換えに入ってくるお金を勘定に入れていなかった。想定できる今後の世帯収入だけを念頭に、三人分をどうやって一人で――と、考えた。

だが、この発想のままでは、今後の営業パターンに関しても、自身に負担のかかる選択にしか目がいかないだろう。

かといって、神処が言うようにすべての収支が出たところで、無理のない選択ができるかどうかは、まったくわからないが――。

「赤の他人の私が言うのはお節介だし、口を出すことでないのは十分承知をしている。ただ、蒼太くんが家族を守る側になった今、倒れるわけにはいかないんだ。だから、もしもお金でどうにかできそうな部分があったら、そこはご両親に甘えるつもりで――。ちなみにこれは昔、君のお父さんから受けたアドバイスだからね」

ただ、蒼太からしても、不思議なほど神処が踏み込んだ話をしてきたのには、ある理由があったらしい。

「父さんから……ですか？」

「そう。私も入社してすぐに、父親を亡くしたんだ。家には持病で働くことができない母親と、当時まだ高校生の弟がいて……。まあ、自分がどうにかしないとって、はっちゃけたよね。下りた保険金は弟の大学費用にと考えて。それでダブルワークに突っ走って、このお店で倒れて。お父さんに、まずは落ち着こうって言われて、今みたいに諭《さと》された。あそこで説得されなかったら、家族で共倒れしていたかもしれない」

神処自身が、かつて蒼太と似たような立場を経験していた。

そして、そのときは蒼太の父親が、今の彼のように相談相手として愚痴聞きもしたのだという。

どうりで——と、蒼太も納得だ。

相手が蒼太でなければ、ここまで話すことはしなかっただろう。そもそも彼は誰が相手でも、ほどよい距離感を守るタイプだ。

「もちろん、懐事情は各家庭によるからね。ただ、そうした金銭的なことまで含めて、店のことは検討をしてほしいかなって。あと、うちにも法務部はあるから、ややこしいことになったら、いつでも相談に乗れるよ。このあたりは瑛くんが張りきっているとは聞いたし、弁護士にも得手不得手はあるみたいだから、頭の隅に置いてもらえれば——ってくらいだけど」

こうして今日のところは話を終えて、神処は次の仕事へ向かった。

「はい。ありがとうございます。まずは俺自身――心にしっかり留めておきます」

蒼太は手元の刷り出しを胸に、深々と頭を下げて、彼を見送ったのだった。


(死亡保障――か。考えたくないけど、そういうわけにもいかないんだよな)

それにしても、両親の他界からまだ五日しか経っていないというのに、やることが多すぎて、蒼太はもう何週間も経ったような気になっていた。

それでも両親の事故の処理に関わることは瑛が、そして店のことに関しては神処がフォローを買って出てくれている上に、咲奈や琉成も一致団結の構えだ。

また、湊斗は、子ブタを含めてカエルたちが全力であやしてくれるという、奇跡の神フォローもあって終始ご機嫌だ。

だからといって、いつまで気が紛れているのか、ふとしたときに両親を恋しがるかもしれないので、そこは覚悟をしている。

だが、今のところは仏壇前やバックヤードの畳敷きなどで、兄姉たちの姿を見せつつ、カエルたちを一緒にしておけば機嫌よくしているので、蒼太はできる限り店のことも進めよう――と、動き始めた。

まずは昼から、ストックがなくなってしまったメンチカツと二種の唐揚げ作り。

両親が一度の仕込みで作れるのは、三日分が限界だった。

これを一人でやるなんて――と、咲奈や琉成は心配をし、また手伝いも申し出た。

しかし、さすが日々ホテルの厨房にいた蒼太だ。

すでに大量仕込みには慣れていたし、要領もいい。

弟妹の気晴らしになるなら手伝いもいいとは思うが、基本は自分でやると決めていた。

まず試しに一人で三日分を仕込んでみるつもりだ。そうしないことには、今後販売量を増やすにしても、現状維持でいくにしても、イメージが掴めない。

(――よし。事務的なことが片付くまでは、三日に一度の仕込みにしておこう。これから手続きをしなきゃいけないことも多いし。それに、本当に目まぐるしくなるのは、週明けの、忌引が終わってからだしな)

職場と中学校の忌引は同じく七日間あった。

間にこの土日が入ったので、本来ならば週明けの火曜まで休むことができる。

だが、咲奈と琉成は揃って「月曜から登校する」と言ってきた。

おそらく二人で話し合って決めたのだろうが、咲奈には受験が、琉成には部活がある。

それより何より、蒼太はますます忙しくなる。忌引の間もさることながら、退職の手続きと同時に店のオーナー契約の切り替えから、事故処理、死亡後に必要な手続き等々、いくら協力者がいるにしても想像がつかないレベルで多忙を極めるだろう。

そんな状況を察して、少しでも自分たちの世話を焼かせないように気を遣ったのだ。

咲奈と琉成が学校へ行く日は、湊斗も保育園へ行く。

湊斗も〝そういうものだ〟と理解しているので、これだけでも蒼太にとっては身軽に動けるようになるだろうから——と。


「いらっしゃいませ！」

自動扉の開閉音と共に、店内で蒼太の声が響いたのは夕飯後のことだった。

シフトの再構築をするまでは、しばらくパートやバイトで回していくが、一日一時間、二時間でも、身体が空いたら店やバックヤードに身を置こうと決めた。

また、夕食後に関しては、湊斗と子ブタ、ちょっとした家事は琉成と咲奈に任せることにした。それに総じて湊斗の監視はカエルたちが引き受けてくれる。

咲奈には受験勉強に専念してほしい気持ちはあったが、今はまだ無理に勧めたところで、きちんと頭に入るのかどうかもわからない。

「俺が慣れるまでは、お願いな」と言って、蒼太は様子を窺うことにした。咲奈の気持ちが勉強に向かい始めたら、「ありがとう。もう大丈夫だよ」と、役割分担を決め直せばいい。

（それにしても、やっぱり制服を着ると違うな）

ホテルに就職してからは、店を手伝うにしても裏でデリの仕込みをするくらいだったので、店内用の上着を羽織るのは久しぶりだった。

覚悟を決めたこともあり、やはり気が引き締まる。

ドリンクを整頓《せいとん》していた蒼太から声をかけられた中年男性は、真っ直ぐに弁当コーナーへ向かうと、慣れた手つきで大盛り幕の内をレジへ持っていく。

「「いらっしゃいませ」」

レジでは江本と既婚男性のバイト・尾上《おがみ》が客へ対応した。

昨日のうちに、今後の方針について店のグループチャットで報告がされていた。

だが、出勤時に「改めて、よろしくお願いします」と蒼太自身から頭を下げられたのがよかったのか、ここ数日の中では一番朗らかな声かけだ。

彼らにとっては長く勤め、オーナー夫婦とも親しくしてきたバイト先だ。

各々感じることに違いはあれど、まずは現状維持を目指すと聞いて安堵したのだろう。

だが、弁当を「温めますか？」と聞きつつ、会計をしていたときだ。

「はい。あ……、れ⁉　このメンチカツと唐揚げって別のメーカー？　昨日でもう在庫は切れたって言ってたよね？」

客はハッとしたようにレジ横の保温ケースを見ながら聞いてきた。

蒼太には見覚えのない男性だったが、常連客のようだ。

「いいえ。当店オリジナルレシピ。いつものですよ。さっき揚げたばかりです」

なぜか江本が、自慢げに答える。

蒼太は陳列棚の前から様子を窺う。

「なら、メンチカツ一個と唐揚げを各味ひとパックずつ追加して」

「各一点ずつですね。ありがとうございます」

「――いや、こちらこそ、ありがとう。これってオーナー夫妻の手作りだろう。事故で亡くなった……って聞いたからさ。もう、二人の顔が見られないだけでなく、これも食べられないのか――って、がっくりしていたから。そうか、レシピは引き継がれていたんだ」

男性客が話す間も、江本は相づちを打ちながら、追加分をレジに打ち込んだ。

尾上は注文された個包装済みのメンチカツと唐揚げをレジ台へ。

レンジに入れていた弁当が温まったところで、男性客が持参したエコバックに商品を入れていく。

すると、予定外の購入で重くなったエコバッグを手に、男性客がふっと笑った。

「メンチカツや唐揚げなんて、どこでも食べられるものなんだけど。なんか、ここのが一番好きでさ。いつ来ても、接客がいいし。オーナー夫妻がレシピを作った息子自慢をするたびに、またまた～って返すのも鉄板で……。そういうのも含めて、美味しく感じるんだろうな」

蒼太はたまらず、レジまで足早に移動した。

「ありがとうございます。そう言っていただけると、両親も喜びます」

「――息子さん⁉ ってことは、今日のこれって？」

笑顔で話しかけた蒼太を、男性客が手に持ったエコバッグと交互に見る。

「はい。これからは俺が作ることになりました。あ、必要な免許は持っていますから、ご安心ください」

「知ってるよ！　今年からホテルの厨房に入ったんだよね。店長から聞いていたから。そうか――、引き継いでくれるんだ。ご両親も嬉しいだろうね。俺も嬉しいよ」

蒼太が改めて頭を下げると、最初は少し無愛想にも見えた男性客が声を弾ませた。

――と、ここでまた「ピンポーン」と扉の開閉音がした。

「いろいろ、大変だろうけど頑張ってね。これからも通うから」

「はい！　ありがとうございました」

男性客は、新たな客に気を遣ったのか、最後は少し早口になって出ていった。

代わりに入ってきたのは瑛だ。

手には茶封筒とスマートフォンを持っている。

「お疲れ～。早速店にも出るって言ってたけど、いい感じみたいだな」

普段なら家の玄関から訪ねてくる瑛だが、今日から蒼太が隙間時間に店に出ると聞いて、こちらから入ってきたようだ。

入り口近くのカウンターに置かれたコーヒーマシン用のカップを手にすると、「売り上げ協力な」と言いつつ、スマートフォンの電子マネーで会計を済ませる。

「別にいいのに」

思わず口にした蒼太を横目に、瑛はマシンでアメリカンコーヒーを淹れている。

「そういうわけにはいかないって。あ、ちょっと蒼太を借りますね」

コーヒーでカップを満たし、蓋をしたそれを持って江本と尾上に会釈をする。

「はい」

「どうぞ、ごゆっくり〜っ」

今夜、瑛が訪ねてくることは、前もって知らせていた。

二人は蒼太たちがバックヤードへ入っていくのを、快く見送ってくれたのだった。

今夜は込み入った話になるため、蒼太は瑛を連れてバックヤードから自宅へ移動した。

リビングでは、咲奈が炬燵で勉強をしており、子ブタはすでにケージ内で寛いでいるが、なぜかカエルが一緒に入れられている。

(——!?)

夕飯時に決めた予定では、琉成が湊斗をお風呂に入れて寝かしつけ、そのあとに咲奈がお風呂に入ることになっていたが、どうやらそのまま自室へは上がらなかったようだ。

しかし、蒼太と瑛の姿を見ると、

「瑛さん、いらっしゃい。私は上へ行くから、ここどうぞ。あ、蒼太兄。ぴーたんをよろしくね」

そう言って、勉強道具と共に上がっていった。

カエルがケージに放り込まれていた説明はしてくれない。

(あれは湊斗の仕業か？　もしくは本人がそうさせた？　なんにしてもぴーの子守？)

いずれにしても、琉成も湊斗も二階にはいないし、猫とクマも三階のようだ。

「勉強の邪魔しちゃったかな？」

咲奈を見送りながら、瑛が呟く。

「俺たちが来るのはわかってたから、それまで子ブタを見ててくれたんだと思う。あ、先に座ってて。俺もコーヒーを用意するから」

「了解。あ、子ブタ。触ってもいいか？」

瑛はコーヒーカップと封筒などを炬燵に置くと、先に仏壇に手を合わせた。

両親の遺影には寂しげな顔を向けるも、声は朗らかだ。こうしたところは、彼なりの気遣いだろう。

「起きてるならいいよ」

「やった！」

それにしても、子ブタは大人気だった。

瑛がケージを覗き込むようにして、子ブタを構い始める。

蒼太がキッチンでコーヒーを淹れてリビングへ向かうと、瑛が中に入っていたはずのカエルを取り出し子ブタに見せて遊んでいる。

「ケロケロ、ば～っ」

「ぷぴっ」

（――っ！）

四六時中、神がカエルに憑いているのかどうかなど、蒼太にはわからない。

だが、もしも憑いているなら、瑛は神の両手を持って「いないいないばー」をしていることになる。それも子ブタを相手に、だ。

「瑛……、そのカエル」

蒼太はどう突っ込んでいいのか迷う。

しかし、瑛は今度はカエルを左右に振って、子ブタをあやしている。

「ああ。これ、湊斗のだよな。中に入ってたから、取り忘れだと思って」

「ありがとう。ま、とにかく座ろうぜ」

「おう」

（って、抱いて座るのか！）

いつになく気に入って手にしたのか、そもそも前から気に入っていたが、湊斗が手放さないから今までは機会がなかったのか。

瑛はこれから事故の事務処理やお金絡みの話をするというのに、まるでクッションを抱え込むようにして、カエルを抱えて放さなかった。

途中、つまらなそうにケージの隙間から鼻っ面を出してきた子ブタに対し、

（あ！　いる）

カエルが「まあまあ」と言わんばかりに手を振ったところを目撃しなければわからなかったが、神は終始瑛に抱っこされるまま、二人の話を聞き続けていた。

おかげで蒼太は、いつ相づちを打つかもしれないカエルを前にしていたせいか、話の内容よりもカエルにばかり気を取られてしまった。

本当なら深刻極まりない話のはずなのに、どうにもとぼけたカエルの顔が、ここでも蒼太からあるべきはずの緊張を奪っていくのだった。

***

瑛は、今現在外野から見ても見当がつくことを纏めて、チェックシートを作ってくれていた。

蒼太のタスクチェックの癖を知っていたのもあるが、なんにしても一目で確認ができるのは助かる。

忘れていた、気付かなかったなどあっては、のちに手間がかかるばかりの作業も細かくあるので、こうして一緒に確認してもらえるのはありがたい。

「おじさんたちはちゃんと残すものを残してくれている。神処さん経由の言伝？　おじさんからのアドバイスじゃないけど、残してもらったものに多少甘えたとしても、誰も責めやしないんだからさ。絶対に一人で頑張りすぎるなよ」

「うん。わかってる。だから、こうして瑛にも丸投げしてるだろう。普通はしないぞ。お金のことで」

「——だよな。信じてくれて嬉しいよ」

「ありがとう」

「じゃあ、これで。無理はするなよ」

瑛は用意してきたチェックシートの二部のうち、一部を封筒にしまうとカエルを膝《ひざ》から下ろして立ち上がる。

「俺は、こんなときに信じられる人間しか周りにいないことが嬉しいし、心強いよ」

「蒼太らしいな。じゃあ」

時計の針はすでに二十三時を回っている。

蒼太は瑛と一緒に炬燵を出た。

「あ！　待って。メンチカツと唐揚げ持っていって。うちの分を揚げといたからさ」

思い出したように、リビングからキッチンへ移動し、冷蔵庫を開けた。

あとはレンジかトースターで温めるだけの状態でパックされた三品を手渡す。

「え？　買って帰ろうと思ったのに」

そう言いつつも、一階へ移動する足音が、心なしか浮かれて聞こえる。

「次はよろしくってことで」

「そうしたら父さんに言っとくよ。だから、これは俺と母さんでサンキュウってことで」

「――相変わらずだな」

こういうところはちゃっかりしている。

蒼太は笑いながら「お休み」と帰っていく瑛を見送った。

そして、このあとの店は、尾上と江本に任せることになっているので、声だけをかけると二階へ戻った。

「お疲れ〜。ってか、相変わらず瑛はええ奴やな〜。とうとう蒼太の前でも、わいを抱っこしまくったか」

リビングではカエルがケージの中の子ブタをあやしつつ、残された書類の一部を手に取っていた。

炬燵で寛ぐ姿もなんだが、それより蒼太が気になったのは瑛のことだ。

「え⁉ ってことは、今夜が初めてじゃなかったんですか？」

もはや普通に話しかけられ普通に返した。

蒼太は神たちの存在に、すっかり馴染んでいる。

「ありゃ昔っから、可愛いものは可愛いと言える、超〜素直な奴やからなぁ」

（カエルさん。可愛いつもりだったんだ）

小さな衝撃が次々と起こる。

どうやら身動きの便宜性だけで、カエルボディを選んだわけではなかったらしい。

驚く蒼太に、カエルが側へ来いと言うように手招きをする。

蒼太はこくりと頷き、カエルの隣に腰かけた。

「それよか、ひとまず必要な金は入ってきそうで、安堵やなぁ。こう言ったらなんやが、これで残された子らが路頭に迷うたら、父ちゃんたちも死にきれん。せめてもの救いやで」

タスクチェックがされた書類を一緒に見ながら、カエルがしみじみと呟いた。

ずっと二人の話を聞いていたからか、多少は安心したようだ。

旅行中の特別保障は、旅行会社の企画ツアーだったこともあり、死亡時には一人千五百万が下りることになっていた。

また、世間は狭く、瑛の通う法学部のＯＢに、ハッピーライフの法務部に勤める者がいた。今後ややこしい展開になったときは、その者を中心に私設弁護団を組ませてほしいとの申し出があった。

瑛自身は教授を介して言付かってきただけなので、終始申し訳なさそうに話してくれた。

教授は瑛にこのように言ったらしい――もし裁判となるときは、ＯＢの若手の弁護士と、弁護士を目指す学生に勉強させる機会として参加させてほしい。研修のため費用はかからない。個人で弁護団を用意できるだけで相手に対しても威嚇《いかく》になる。決して悪いことにはならないので、よろしく頼む――とのことだった。

ただ、蒼太の両親の場合は旅行特別保障の対象になるので、おそらく揉めることにはならない。むしろ、これで揉めるとなったらそうとうな事態だが、そのときはどうか慌てないでほしいという意味での申し出だった。

なので、あとは生命保険や遺族年金、学資保険や遺産相続の手続きになる。

しかし、蒼太が一番気にしていた相続税に関しては、現在の地価から想定したところ、計算上では旅行会社から下りる金額内で済みそうだった。

両親が命と引き換えに子供たちへ残した保障が、税金で持っていかれるのは理不尽なんてものではない。

それでも、先祖から受け継いだ土地家屋を守れる目処が立っただけでも、蒼太からすればせめてもの救いだ。

両親の部屋へ入り、生命保険などの証書を確認したが、契約内容は怪我や病気に対しての保障は手厚いが、その分死亡保険は押さえ気味で、葬式代程度だった。

祖父母の介護をしたこともあったので、経験上そういう形にしたのだろう。

祖父とペアローンを組んでいた父親名義の住宅ローンはまだ十五年近く残っていたが、団体信用生命保険に加入していたため、高度障害や死亡と同時に免除がされる。

その一方で、相続税対策としての毎月多少ずつ積み立てをしていた。父親としては代わりをするときには、これらを合わせればどうにかなるだろうと考えていたようだ。

本人も、まさかこんなに早くに――とは、思っていなかっただろうが。

ただ、学資保険に関しては、入っていたのは再婚後に生まれた湊斗の分だけだった。咲奈や琉成の分としては、個々に積み立てがされていた。

しかし、これはあくまでも大学費用への積み立てなので、今は大した額ではない。

もしも咲奈が第一志望の公立高校ではなく、第二志望の私立へ行くとなったら、ある程度まとまったお金がいる。

両親としては、そうなったら預金とこれからの稼ぎを回そうと思っていたのだろうが、実際は流行病で落ちた売り上げを補うために、預金は大分減っていた。

こうなると、最悪奨学金で賄うつもりだった？　などと、通帳の動きから想像するが、そこは拳を握り締めてグッジョブを自分に送った。

蒼太が手つかずで貯めていた給料分を、これらの預金に合わせれば、どうにか凌げるはず――と、計算ができたのだ。

東京都が学資免除を掲げているが、ここはあてにしないに限る。

仮にそうなったらラッキーくらいで構えているほうが、必要以上に痛手を受けなくて済む。

こうしてみると、神処の言い分ではないが、夢や理想を現実として見るための計算は大事だと身に染みた。特に金銭面では――だ。

それでも遺族年金や東京都の子育て支援を見積もっても、三馬力が一馬力になる分の補てんができるかと言えば、完全にはできない。

きょうだい四人がこれまで通りの生活をし、子ブタも育て、更に弟妹たちの教育費を捻《ねん》出《しゅつ》し、当然こんなことになったら蒼太自身も保険を見直さなければ――などと考えたら、失笑ものだ。

住宅ローンがなくなったからといって、余裕のある生活にはならないだろう。

こうした結果に辿《たど》り着いたとき、蒼太は瑛共々「やっぱり世知辛いよな」「税金がエグいんだよ、税金が！」と文句が出た。

さすがにそこまでの詳細は、カエルもよくわかっていなかったようだが——。

「もちろん。蒼太からしたら、困り果てても生き返ってくれっちゅう気持ちやろが——。これぱかりは、どないもできひん。神も仏もありゃせん言うて責められても、謝ることしかできへんのや」

何事もなければ、今頃は子ブタを新しい家族に迎えて、一家全員でワイワイしていたことだろう。

カエルは蒼太に向かって頭を下げながら肩を落とす。

「——そんな。責めるなんてことしませんよ。俺は、綺麗な亡骸と対面できたし、咲奈たちにもきちんとお別れをさせられた。同じ事故死でも、それが難しい——厳しい人もいた。せめてもの救いっていう言葉の意味を、今になって理解したくらいです」

蒼太は、カエルの肩を摩りながら、小さく笑ってみせた。

「蒼太」

「ありがとうございます。きっと両親はカエルさんたちに守られて逝ったんですよね。苦しむこともほとんどなく――俺は、そう信じています」

「おおきに。おおきに……な」

カエルは今一度頭を下げる。

その姿はまるで、無力な自分を責めるどころか、感謝までしてくれてありがとう。

そう思ってもらえるだけでも救われる。

蒼太には、そんなふうに言っているように見えた。

「ところで、猫さんとクマさんは？　湊斗の子守ですか？」

蒼太はニコリと笑うと、話を切り替えた。

「おう。あやつらが、湊斗に言い聞かせてくれてな。これからは一番蒼太が大変やから、わいを手伝いにいかせような～言うて。ただ、それをどう受け取ったのか、凛々《りり》しい顔で〝はい〟って返事をしたかと思うたら、わいを子ブタのケージに放り込んでいきよった。意味がわからん」

「そ、そうなんですね」

聞こうと思っていたことを先に説明される。ケージにいたのはカエルたちの指示ではなかったようだ。

これればかりは湊斗にしかわからない行動だ。

「まあ、わいにできるんは子ブタの子守くらいやろうと、湊斗に思われたんかもしれんけどな」

「きっと、夜は俺がぴーを見ているので、そのお手伝いをよろしくってことだったのかもしれないですよ」

なおも落ち込むカエルを元気づけつつ、蒼太はカエルが手にした書類を片付けるべく、受け取った。

「ものは言いようやな」

「でも、カエルさんが俺のフォローをしてくれるなんて心強いです。何があっても、うちには神様がいる。見守ってくれるって思うと頑張れますからね」

その後は寝支度を整えて、今夜はケージ横でカエルも一緒に寝ることになった。

「いや！　頑張りすぎんように止めんのが、わいの役目やさかい！　そこっ、勘違いせんといてや」

「――はい」

子ブタは側に蒼太やカエルがいるからか、安心して寝床に潜っていく。

部屋の灯りが消え、蒼太が寝息を立て始めると、カエルがふっと右手を挙げる。

そして仏壇に向けてグッドサインを送ると、掛け布団の中へそっと戻した。

こうして今日も、長くて短い一日が終わるのだった。

その後、蒼太たちは穏やかな日曜日、本来ならば初七日となる日を家族だけで過ごして、決意も新たに月曜を迎えた。

今日から咲奈と琉成は学校へ、そして湊斗は保育園へ行って、蒼太は様々な手続きをするために、銀行や役所などの機関を回ることになる。

当然、職場へもだ。

「「いってきまーす」」

「いってらっしゃい」

「いってらった〜い」

「ぷぴっ」

蒼太の行き先が転々とすることを除けば、生活自体は両親の旅行中と同じサイクルだ。仏壇に両親の遺影がなければ、「夕方には帰ってくる予定だな」などと、錯覚しそうなくらいだ。

しかし、間違いなくときは過ぎ、状況は変わっていた。

家には子ブタが増えて、カエルたち三柱は、湊斗や蒼太によってリビングへ置かれるようになった。

また、来週からは冬休みに入り、年が明ければ咲奈の高校受験も本番だ。そのための冬期講習や塾もある。

琉成も部活に余念がない。

蒼太はダイニングの壁に掛けられた、家族スケジュールが書き込めるカレンダーを見るたびに、「甘えたことは言っていられない」「考えている場合でもない」と、自分に言い聞かせる。

「それじゃあ、ぴーをお願いします。二時間はあけずに様子を見に帰りますので」

準備万端で湊斗の手を握ると、蒼太はケージ前に並んで立つカエルたちに声をかけた。

「承知しました」

「よしよし。わしらに任せとけ」

「湊斗もええ子で保育園に行くんやで〜」

「はい！」

（やっぱり湊斗は神様たちと話せるんだ！）

改めて三柱と湊斗のやり取りを見ると、目を丸くする。

そう言えば咲奈や琉成からは、神様の話など聞いたことがないと気付く。

そもそも霊的なものが見える、見えないという話題が出た覚えがないので、当たり前かもしれない。

だが、それにしたって、湊斗がカエルたちと話せるのは、彼らが社家の氏神だからだろうか？　もしくは幼児あるある？

そもそも神を信じるも信じないも、またそういう感覚が育っているかどうかもわからない。

いずれにしても、意思の疎通がはかれるのは、子守をしてもらう上でありがたいことだ。

「出発！」

「しんこーっ‼」

そうして蒼太は、湊斗を保育園に預けると、まずは昨夜書き上げた退職願を手に、勤め先であるホテルへ向かった。

すでに電話で前もって連絡はしていたが、少しでも時間に余裕のある朝礼前に顔を出し、そして板長に直接受理をしてもらう。

「やっぱり店を継ぐのか」

「はい」

「そうと決めたら突き進むしかないが——。無理だけはするなよ」

「はい。ありがとうございます！」

誰もが蒼太の家庭の事情を知っていたので、こうなることも想定していたのだろう。

むしろ板長からすれば、蒼太が何かしら決めたときに、いかにしてストレスを与えずに応じられるか。また、発つとなったときには、何ができるかを考えて、上にも相談をしていたようだ。

おかげで残りの忌引や有休消化などについても、スムーズに手続きを進めてくれることになった。

「デリコーナーとミニキッチンが蒼太の店ってところが、本当にお前らしいよ」

「本当。けど、短い期間であっても、ここにいたんだ。得た知識、身につけたこともある。決して忘れず、最大限に活かしていけよ！」

「抜き打ちで買いにいって、味見するからな！」

「はい……。心より、お待ちして……ます」

蒼太は、その場にいた戸高などの先輩たちや同輩たちに見送られて、快く退くことができた。

さすがに目頭が熱くなったが、そこはグッと堪えて、ひとまずこの場をあとにする。

これからまだ手続きで来ることはあるが、今は気持ちの切り替えを最優先にした。

(よし！　次は銀行と役所だ。免許の返納や年金の手続きもあるし、スマートフォンは――まだいいか。どこから連絡が来るかわからないし。それより、我が親ながら、必要な書類やＩＤ、暗証番号を全部一カ所に纏めておいといてくれるって、優秀すぎる！　特にＩＤと暗証番号！　近年、これがわからなくて大変になる手続きがたくさんあるって聞くからな)

蒼太は行く先々でスマートフォンを取り出し、タスクメモにチェックを入れた。

場所によっては、一つ済んでも代わりにまた用事が一つ増えるなどということもあったが、それでも動き回るうちに、最初に打ち込んだタスクは終了するだろう。

今はそれを目指して動くしかない。

（――はぁっ。なんか、最近やけに不動産関係のチラシが多いな。こういうのも時期なのかな？）

そうして一日動き回って帰宅すると、蒼太はポストに入った郵便物やチラシを回収してから、店に顔を出した。

「ただいま戻りました」

湊斗の迎えは、学校帰りに咲奈と琉成が行ってくれることになっているので、子ブタの子守は引き続きカエルたちにしてもらう。

「あ、お帰りなさい。蒼太くん」

「いいところへ戻ったわ。今、こちらの方たちが、咲奈ちゃんと琉成くんを訪ねてきて」

ただ、そんな蒼太を店で待っていたのは、既婚男性バイトの賀谷《かや》と既婚女性パートの浅田《あさだ》。

そして、見覚えのない中年の男女二人だった。

6

道路に面した店舗の出入り口に対して、自宅玄関は裏にある。

ただでさえビルやマンションが建ち並ぶ場所だけに、初めて訪ねる者には、玄関がわかりづらいのだろう。

大概はこのように店のほうへ訪ねてくる。

「——どちら様でしょうか？　咲奈と琉成にどのようなご用で？」

二人に会いにきたという五十前後の男女は、どちらも中背にふくよかな体型で、地味めな顔立ちをしていた。ダークグレー系のスーツとツーピースにコートを羽織っている。

どちらからともなく会釈をし合うが、蒼太にはまったく見覚えがない。

これが、両親のいずれかを名指しで来たなら、他界したのを知らないか、もしくは通夜や葬儀のことを知って線香でもあげにきたのかとも考えられる。

だが、咲奈と琉成の関係者となると蒼太には想像がつかない。

胸騒ぎを覚えた。

「初めまして。吉本喜代子《よしもときよこ》と申します。失礼ですが、あなたは?」

女が聞いてきたところで、「ピンポーン」と扉の開閉音が鳴る。

扉が開くと同時に、若い男女四人が入ってきた。

「すみません。お客様がいらっしゃいましたので、ひとまず外へ出ていただいてよろしいですか」

「……はい」

男女は顔を見合わせ、喜代子のほうが頷いた。

「ありがとうございます。——すみませんが、あとをお願いします」

蒼太は浅田と賀谷に会釈をしてから、喜代子たちを店の外へ連れ出した。

そして、行き交う人々の邪魔にならないよう、店先の角に立つ。

「自宅へ案内するんじゃないのか」

男が不満そうに言い放った。

「まだどちらの方ともお伺いしていませんので。俺は咲奈と琉成の兄で社と言います」

蒼太は少しムッとした。突然やってきてこの態度はなんだろう。

「あなたが——。では、穂乃花さんの再婚相手の息子さんってことでいいのかしら?」

喜代子が蒼太をジッと見てくる。

頭から爪先まで見られるのが、こんなに不愉快だと初めて知った。

「はい。そうです」

自然とぶっきらぼうな口調になってしまう。

すると、喜代子が身体を折り曲げる。

「このたびはご愁傷様です。改めまして、私は吉本喜代子。咲奈と琉成の父親の姉です。こちらは私の主人です」

喜代子が自己紹介をすると、男性のほうが「どうも」とだけ言い、軽く会釈をする。

二人は咲奈や琉成とは面識があるが、弟の葬式以来、十年は会っていないらしい。身分証明と合わせて戸籍抄本《しょうほん》など縁故関係が証明できる書類を持参しました――と、蒼太に差し出してきた。

それは吉本喜代子（旧姓・髙田《たかだ》喜代子）を基準とした両親や親族関係を示したもので、実弟の欄には咲奈と琉成の父親・髙田成二《せいじ》の名がある。二人姉弟だったようだ。

蒼太もつい先日、両親に関わる手続きをするのに、母親・穂乃花の書類で咲奈と琉成の実父の名を見ているので間違いない。

「そう……ですか」

だが、喜代子に関しては、思い当たらない。

通夜と葬儀の際は、両親のスマートフォンや店用のアドレス帳に記帳されている相手には、すべて連絡をした。

葬儀ばかりは漏れがあっては取り返しがつかない。そんな思いが強く、また仮通夜もあったので、この連絡だけはしっかりやった。

だが、〝吉本喜代子〟や〝髙田喜代子〟という名は、どこでも見た覚えがない。

「はい。親戚伝いに事故のことを聞きまして。その、穂乃花さんが再婚してから、私どものほうは連絡を控えていたもので……。葬儀に間に合わなくて、ごめんなさいね」

(――そういうことか。いや、どういうことだ？　再婚を機に連絡を取らなくなったままではわかるが、葬儀の参列者の中に親戚がいたのか？　それとも、大きな事故だったから、たまたまその親戚がニュースで知った？　そういうことなら……腑《ふ》に落ちるか)

継母の親戚関係さえ把握していないのに、その前夫の親戚関係などわかりようもない。

ましてや、当人のアドレス帳にも載っていなかった相手だ。

しかし、ここは蒼太も頭を下げた。

今となっては、咲奈と琉成にとっての数少ない血縁者だからだ。

「いえ、こちらも知らせが行き届かずに、すみませんでした」

咲奈と琉成の実父が、幼い子供を残して他界したのは十年前。死因は癌《がん》だったと聞いたことがある。

両親の再婚当時、咲奈から写真だけは見せてもらったが、大柄で恰幅《かっぷく》がよく、二人は母親似なんだな――という印象を持った。

今にして思えば、咲奈が大事にしているクマに似ている。

また、琉成は幼すぎて、父親の記憶が曖昧なようだったが、咲奈は「新しいお父さんと同じくらい優しかったよ」と教えてくれた。

幼いながらに蒼太と父親に気を遣う様子に胸が痛んだ。

それでも咲奈の笑顔に嘘はなかった。

蒼太は、「そうか。それはずっと忘れないようにしようね」と頭を撫でたことを、今でもはっきりと思い出せる。

だが、蒼太が持っている咲奈と琉成の実父に関する情報はこの程度だ。

「あの、お線香をあげさせてもらいたいのだけど……」

「――あ、ありがとうございます。では、こちらから」

蒼太の胸騒ぎは収まらなかった。

だが、線香と言われて、自宅のほうへ上がってもらうことにした。


吉本夫妻が掌を合わせている間に、蒼太はお茶を用意し、炬燵に席を用意した。

カエルたちは、揃ってケージにもたれかかって動かずにいる。

子ブタに鼻先で背中を突かれても微動だにしない。

「狭くてすみません。それに、片付いてなくて」

「とんでもない。こちらこそ急に訪ねて、ごめんなさいね。あと、これ少しですが」

喜代子がお線香代と書いた袋と菓子の包みを差し出してきたので、蒼太は「すみません。ありがとうございます」と頭を下げながら、ひとまず受け取り仏壇へ供えた。

（お返しを忘れないようにしなきゃ）

そんなことが頭を過る。

「この辺りは詳しくないのだけど、こうした民家も残っているのね。駅近だし、商業ビルばかりかと。住宅はあってもマンションだけだと思い込んでいたわ」

「――そうですね。見るからに一軒家というのは少ないと思いますが、江戸っ子なんて呼ばれる世帯なんかもポツポツあるので」

その後も話をするのは喜代子だけだった。

夫の吉本は、形式的に付き添ってきただけなのかもしれないが、家へ上がったときから中を見回し、どこか落ち着きがない。

（三時過ぎか――）

蒼太は壁に掛かった時計を見ながら、まずは咲奈たちの帰宅を待つことにした。

何を話していいのかもわからず、かといって下手なことは聞けないなと悩む。

「それで、今日訪ねてきたのには理由があって。その、穂乃花さんたちに掌を合わせにきたのも確かなんだけど、咲奈と琉成のことでお願いがあるの」

すると、喜代子のほうから本題に入ってきた。

「お願い……ですか？」

「ええ。実は――」

喜代子は、回りくどい言い方はしなかった。

実母・穂乃花を亡くした今、咲奈と琉成にとって一番近い血縁者は伯母の自分になる。

そして自分たち夫婦には、子供がいない。

それを踏まえて、二人を自分たちの子として引き取りたいと言ってきたのだ。

「咲奈と琉成を養子にですか⁉」

聞き返す蒼太の語尾が震えた。

心なしか、カエルたちも、身を乗り出しそうな気配だ。

「ええ。この話は、弟が亡くなったときにもしているの。ただ、当時は姑《しゅうとめ》にあたるうちの母と穂乃花さんの折り合いが悪くて……、それどころではなくて。でも、幼い子供を二人も抱えて大変でしょう。だから、私のほうからは定期的に連絡をしていたんだけど……。その後は、こちらのお父様と再婚しますので……って、ことになったから」

蒼太は、ついさっきまでの胸騒ぎが動悸《どうき》に変わっていることを実感した。

今にも「は⁉」と嫌悪の声が漏れそうになるのをグッと我慢する。

自分を落ち着かせるためにも、相手の立場になって考えてみようとする。

喜代子にとって、咲奈と琉成は血の繋がった姪《めい》と甥《おい》だ。

ましてや弟の忘れ形見だ。

しかも、子どもができなかったこともあり、穂乃花を亡くした今こそ手元に引き取って
――という思いが強くなったのかもしれない。

だが、そこまで喜代子の思いを推測した上で、蒼太はきっぱりと返事をした。

「そうですか。けど、そういうお話でしたらお断りします。咲奈と琉成は、この家の者です。両親が他界したからといって、この家から出る理由はありません。今後は兄である俺が保護者となって、立派に育てていきますので」

蒼太としては、大分感情を抑えたつもりだが、自然と語気が荒くなる。

すると、喜代子が一瞬目を細め、蒼太を見ながら失笑した。

咄嗟に手で口元は押さえたが、その目は明らかに嘲笑《ちょうしょう》しているのがわかる。

「あなたが保護者って――。まだ学生さんでしょう？」

どうやら蒼太のベビーフェイスが誤解を招いたようだ。

「成人しています」

蒼太はあえて年齢は言わなかった。

「大学生でしょう」

「店を継ぐために退職予定ですが、ホテルマンデリン東京の厨房に勤めています。すでに社会人です」

この言い方をどう取るかは、相手次第だ

ただ、虎《とら》の威を借る狐《きつね》のようだが、蒼太は勤めていたホテルの名前を口にした。

よほど関心がないか、世間に疎《うと》いかでなければ、国内外で名の通ったラグジュアリーホテルだ。多少の牽制《けんせい》にはなるだろうと考えた。

そもそも初めて会った他人に対し、見た目の年齢だけで見下してくるような相手だ。

蒼太が知る限り、だいたいこの手のタイプは、大手企業の社名だけで相手を判断することが多い。

案の定、喜代子と吉本は少したじろぐ。

「……だからって。ご自分の将来もあるでしょう。そんな、二人も育てていくなんて無理よ。ゆくゆくはご結婚だってするでしょうし」

しかし、喜代子は一息つくと、今度は蒼太の将来を心配するようなことを口にする。

「それは、ご心配なく。俺のことは、初対面の方に気遣っていただくようなことではありません。いくら二人を引き取りたいからって、失礼なことを言っているご自覚はないんですか？」

「――っ」

当然、「余計なお世話だ」とばかりに跳ね返す。

そう口に出さなかっただけ蒼太は自分を褒めたい。カエルや猫、クマは二人からは死角になっているのをいいことに「うんうん」と同調するように頷いている。

だが、喜代子が口ごもると、ここで吉本が口を開いた。

「待ってくれ。こちらが失礼だと言うなら、君はどうなんだ。ただの再婚相手の連れ子さんだろう。咲奈ちゃんや琉成くんとは血が繋がっていない。戸籍上だけのお義兄《にい》さんだが、同時にただの独身男性なんだよ。そこ、わかっているのかい？」

嫌みったらしい口調で、まるで鬼の首でも取ったように鼻で笑ってきた。

意味がわからず、蒼太から「は？」と気の抜けた声が漏れる。

すると、喜代子が話を続けた。

「そ、そうよ！　私も琉成だけなら、こんな出すぎた真似はしなかったかもしれないわ。けど、咲奈もいるのよ。血の繋がらない年頃の男女が一つ屋根の下で生活をするなんて。何かあったらどうするの！　心配しないわけがないでしょう」

「——」

今の今まで、たったの一度も考えたことのなかった「男女」という言葉に、蒼太の中で何かが弾けた。

これが堪忍袋の緒が切れるということなのだと知るのは、気が収まったあとになる。

蒼太の我慢は、ここで限界に達した。

「ふざけるな！　どういう目で見たら、そんな発想になるんだよ‼」

思わず声を荒らげるが、吉本夫妻は逆に勝ち誇ったような笑みを浮かべる。

「いやだわ。世間的に見たらって話をしただけなのに、そんなにムキになるなんて。図星だったのかしら？」

「出ていけっ‼」

怒りに任せて蒼太がテーブルをバンと叩く。

「咲奈と琉成が帰宅したら、連れて出ていきます」

しかし、ここまでくると喜代子も本性を露わにしたのか、頑として動かない。

夫共々、居座る気満々だ。

「咲奈と琉成は俺の弟妹だ！　誰があんたらなんかと行かせるか！　俺が咲奈にとって血の繋がらないただの男だって言うなら、あんたの旦那《だんな》だってそうじゃないか！　それこそ援交を疑われかねないぞ！」

蒼太は先ほど受け取った香典袋を握り締めると、その場から立ち上がり、炬燵を回り込んだ。

そして、吉本の腕を摑むと、感情のままにそう吐き捨てながら、上着のポケットに香典袋を無理矢理突っ込む。

「お前っ！　俺をなんだと思っているんだ！」

「お互い様でしょう。自分に置き換えられたら、どれほど失礼なことを言ったかわかるんじゃないですか？」

憤る吉本に腕を振り解かれても、蒼太は鼻で笑い返した。

そのまま仏壇に向かい、今度は菓子入りの紙袋を引っ掴むと、それを吉本の胸に押しつけながら追い出しにかかる。

「わかるも何も、主人には私っていう妻がいるのよ。女子中学生に色目なんか使うわけがないでしょう」

「それなら俺だって同じです。血なんか繋がっていようがいまいが、咲奈は妹だし琉成は弟だ。そして、末の湊斗にとっては姉で、兄で、それ以外の何者でもない‼　それが我が家だ。この社家だ！」

そうして最後に怒鳴りつけると、スッと廊下のほうを指差した。

蒼太の顔からは、すでに表情さえ消えている。

「さ、もう帰ってください。そして二度とうちには関わらないでください。下の店にもご来店を遠慮してください。どうぞ、今すぐお帰りください」

「……」

さすがにこれ以上は無理と思ったのか、喜代子が吉本に目配せをしながら立ち上がった。

吉本のほうも舌打ちをしながら、喜代子のあとを追う。

(――最悪だ)

こうして蒼太は吉本夫妻を一階まで追い立てると、嫌みのように忘れ物がないかの確認をした。

「な、ないわよ!」

「そうですか。では、これで」

冷ややかにそう告げると、玄関の扉をバタンと閉めてすぐに鍵をかける。

「出るところへ出てやるからな!」

最後に吉本が叫んでいたが、蒼太からすれば「やれるものならやってみろ!」だ。

返しはしなかったが、代わりに大きく息を吐く。

「……っ!」

途端に目眩《めまい》のような、血の気が引くような、気持ち悪さに襲われて扉に寄りかかる。

普段から怒る、ましてや怒鳴ることなどまずしない蒼太が、初めて味わう感覚だ。

(参った……っ。疲れも溜まっているところに、これかよ。なんて言っていられる場合でもないな――。よし!!)

それでも腹に力を入れると、姿勢を正して二階へ上がった。

(あ! 外で帰宅を待たれたらまずい!)

廊下まで上がりきったところで気付くが、同時に湊斗と目が合った。

「蒼たん……。おこ？」

「‼」

いつの間に帰宅していたのか、ダイニングに咲奈と琉成が立っていた。

(話を……聞かれていた⁉)

「……、帰ってたのか」

どうにか気を取り直して、聞いてみる。

階段を上った二階には、廊下を挟んで正面にダイニングキッチンへの引き戸があり、そこから玄関側方向にリビングが続いている。

ＬＤＫとしては繋がっているが、対面キッチンの中でしゃがみ込めば、蒼太たちがいたリビングからは死角になる。

客が来ていることは、玄関で靴を見ればわかるだろうし、上がってきたタイミングによっては、「ただいま」などと言える状況ではなかっただろう。

咲奈たちは、靴を土間に出しっぱなしにはしない。すぐにシューズボックスへしまうことが習慣化されているので、蒼太もまったく気付かなかった。

「蒼兄……。俺たちの家はここでいいんだよな」

やはり、聞かれていたようだ。

琉成が今にも泣きそうな顔で確認してくる。

「当たり前だろう。ここは俺やお前たちみんなの家だ。俺がそう言ったのを聞いてたんだろう」

蒼太はすごい剣幕で怒鳴ってしまったが、今となっては、あれでよかったと胸を撫で下ろす。

嘘のない本心を怒声まじりでぶつけている様子を聞いていてさえ、琉成は改めて蒼太にそう確認してきたのだ。

喜代子から血が繋がらないこと、他人だと言われたことが、それほど堪えていたのだろう。

湊斗という鎹のような存在だっているのに——。

「うん——。だよな！　俺たち絶対にここにいるから。離れないから！　な、咲奈」

だが、琉成はこれで気が済んだようだが、咲奈のほうはそうもいかなかった。

蒼太の顔を見ることなく、顔を伏せたまま三階の自室へ走っていってしまう。

胸が鷲《わし》摑みにされたように痛む。

「あ、咲奈！」

「——琉成！」

蒼太は、咄嗟に追いかけようとした琉成の腕を摑んで、引き止めた。

咲奈の様子から、どこの部分を聞いていたのか、想像はつく。

「蒼兄」

「今はそっとしておこう。気持ちが落ち着いたら、改めて話そう。確認し合おう」

蒼太は、咲奈が自室へ向かったので、ひとまず安心した。

この状態で外に飛び出されていたら気が気ではなかっただろう。家の中にいてくれるならいい。心配なら、カエルたちを部屋の前に置くなり、離脱して様子を見てもらうなり、何かしら頼めるだろう。

それに、今は蒼太自身も少し時間がほしかった。

「俺たちは家族だ。そしてここが俺たちの家だ。これだけは絶対に変わらない。間違いない」

前触れもなく突きつけられた〝血の繋がらない男女〟という言葉は、蒼太にとっても衝撃だった。

まるで考えたことがなかったからこそ、受けた衝撃の余波が、今も身体の中に残っている。

だとしたら、咲奈も同じだろう。それ以上かもしれない。

そう考えたら、咲奈にかける言葉選びは重要だし大切だ。落ち着いてからのほうがいいに決まってる。

「蒼兄」

「蒼たん」

蒼太は、キッチンへ入りながら両腕を伸ばすと、弟たちを抱き締めた。

急に目頭が熱くなったが、今だけは奥歯を噛み締めて両親の姿を思い出す。

（そうだよな、二人の父さん。そうだよね、二人の母さん）

すると、そんな蒼太に琉成が黙って両腕を伸ばして抱き返す。

湊斗も真似るようにぎゅっとする。

これだけでも、蒼太は救われた。

（どうか俺に弟妹を、俺の家族を守る力を貸してくれ！）

そして、自分たちは家族だということを改めて咲奈にも伝えたい――と、いっそう思うのだった。

＊＊＊

いつの間にか大きくなっていた琉成の手で肩を、小さいながらも目一杯開いた湊斗の手で背中をポンと叩かれて、蒼太は気持ちを切り替えた。

そして、ひとまず琉成に湊斗と子ブタのことを頼み、湊斗には今にも動きだしそうな神様たちの中から、目が合った猫を選んで咲奈に渡すように頼む。湊斗なら行っても邪険にはしないはずだし、実父からもらった猫なら側へ置いてくれるだろうと考えたからだ。

そうして、廊下を挟んでリビングとは逆にある両親の部屋へ入る。

家捜しをするようで申し訳なかったが、まずは穂乃花が使用していたライティングデスクに腰掛け、ノートPCを開いた。

画面の中からメールソフトのアイコンをクリックする。

喜代子との付き合い方がわかるようなもの、できれば穂乃花が彼女に対して、どんな感情を抱いていたのかわかるものがあれば——と、考えたからだ。

(吉本喜代子……吉本喜代子。旧姓の髙田喜代子も見当たらないな——、ん?)

ただ、穂乃花が使用していたPC用のアドレスは、ここへ来てから作ったもののようだ。メールボックスには用途や関係別にフォルダー分けがされて以前のメールが残っていたが、すべて十年前のもの。検索をかけても喜代子とのやり取りどころか、それ以前のものも見つけられなかった。

(なら、こっちは?)

携帯会社のアドレスはどうだろうとスマートフォンを手に取るも、普段使っているものはPCと兼用のアドレス一本だった。

携帯会社経由のメールボックスや電話番号によるSMS、チャットアプリのすべてを見ても、喜代子らしき相手は検索に引っかからないし、それらしいやり取りも見つけられない。

蒼太はスマートフォンをデスクへ置くと、溜め息をつく。

（仮に、前の夫と死別したあと吉本さんから連絡がきていたとして、その痕跡を残していないってことは、誰が大事な子を渡すものですか――って対応だったと思って間違いないよな？　それに、姑さんと険悪だったんなら、小姑《こじゅうと》の吉本さんとだって、どうだったかわからない。いくら俺が若いからといって、初対面の俺にあの態度だし。何より、二人がそこそこいい関係で付き合っていたなら、姻族関係の終了や再婚で連絡を絶つような人じゃないと思うしな――）

ふと、視線がＰＣ奥に置かれた店の日報帳や、先日確認したばかりの生命保険証書関係のファイルに目がいった。

蒼太がファイルを手に取って開くと、そこには父親の分と合わせて、関係書類がひとまとめになっている。

暗証番号の類いもこれにすべて書かれていたので、蒼太はこの手のものを探すにあたっては苦労をしなかった。

（母さん……）

ただ、蒼太からすると、とても助かったが、個人的には気になることがあった。

彼女の生命保険の受取人、その筆頭が父親なのはわかる。

だが、第二で指名されていたのは蒼太で、咲奈や琉成ではなかった。

旅行会社での保険の受取人も、成人しているからということで二人とも蒼太にしてあった。

これは手続きをしているときに「全部、蒼太でいいよね」と、穂乃花自身が笑って父親に確認し、そして記入していたのを蒼太も見ていた。

当然、こんなことになるとは思っていなかったから、気軽にそうしたのだろう。

しかし、たとえ保障金額が少なくても、個人でかけていた生命保険なら、夫以外の受取人は普通は実子を指名しないか？

俺でいいのか？

――というのが、蒼太としてはずっと引っかかっていた。

もっとも、これを見たからこそ、何がなんでも咲奈と琉成は俺が立派に育てるぞ！

湊斗も含めて、成人して独り立ちするまで見届けるぞ！

そう、より強く思ったのだが――。

（まあ、たとえ母さんが、二人を吉本さんへ養子に出すことを望んでいても、俺は渡す気なんかなかった。むしろ、揉み消す――くらいはしただろうから、そんなメモは見つから

なくてよかった)

蒼太はファイルを元の場所に戻すと、ノートPCの電源も落とした。

席を立つとデスクもしまい、夕飯の支度のため部屋を出る。

「お手!」

「ぷっ」

リビングでは琉成が湊斗を子守しつつ、子ブタ相手に無茶な遊びをしていた。

「お代わり!」

「ぴっ」

「やった! しゅごいしゅごい」

(ブタもお手やお代わりを覚えるんだ)

驚きながらも笑みが浮かぶ。

同じ衝撃を受けるなら、やはり笑えることのほうがよいとしみじみ思う。

「琉成。ありがとう。あとは俺が見るよ」

「ほーい。そしたら俺は、ちょっと咲奈を見てくる」

「うん。頼むね」

琉成は湊斗や子ブタの頭を撫でてから、咲奈のところへ行った。

しかし夕飯時になっても、咲奈が自室から出てくることはなかった。

琉成とは顔を合わせたようだが、懸命な慰めに対して、

「私も男に生まれればよかった」

そう言ってふて腐れたという。

蒼太が声をかけにいっても、「もう少しだけ一人でいさせてほしい」と頼んできた。

なので蒼太は、食事だけを届けて、あとは咲奈本人に任せることにした。

(男に生まれればよかった……か。あの夫婦、本当に許せない)

ふと、出会った頃のことが甦《よみがえ》る。

二人がここへ来たのは、小一と幼稚園年中のときで、咲奈の小学校入学に合わせて再婚と同居が決められた。

〝兄ちゃん⁉ 兄ちゃんができるの！〟

〝……蒼太……お兄ちゃん？〟

〝よろしくね。琉成くん。咲奈ちゃん〟

人見知りがまったくなかった琉成と違い、咲奈は幼いながら母と弟を守ってきた自負があるのか、警戒心も強かった。

それまで一人っ子だった蒼太からすれば、弟妹ができる喜びはあれど、どう扱っていいのかわからなかったのも事実だ。

ただ、両親も祖父母も仕事があったので、週に何度かは蒼太が積極的に夕飯作りをして

いた。いつしかその後ろ姿を、二人で眺めているようになったので、蒼太は思いきって声をかけた。

〝味見、する？〟

〝うん！〟

キッチンペーパーでくるまれた揚げたてのメンチコロッケを、満面の笑みで受け取って頬張ったのは琉成が先だった。

〝あつあつで、おいひぃ！〟

〝そっか。よかった。ほら、そうしたら咲奈ちゃ……。咲奈も食べな！〟

〝……‼〟

素直で人懐こい琉成を、どこか羨ましそうに見ていた咲奈。

蒼太はこのとき初めて呼び捨てにした。歳の離れた弟妹なら、普通は呼び捨てだよなと思ったからだ。

ここで蒼太から一歩、二歩と近づいたからか、咲奈は大きく頷いてメンチコロッケを受け取った。

そして、揚げたてをフウフウして、一口頬張ると、

〝美味しい！〟

ここへ来てから一番の笑みが浮かんだ。

〝だよね！　蒼太兄ちゃんのコロッケ、ほくほくでじゅわじゅわ！〟

〝うん！　蒼太お兄ちゃんが前に作ってくれた唐揚げもすっごく美味しかった！〟

〝俺もあれも好き！〟

以来、蒼太が夕飯作りをしていると、咲奈と琉成が悪戯っぽい笑顔を浮かべて、味見をするようになった。

現在店に出しているメンチカツと唐揚げ二種にしても、また先日咲奈たちが新商品として推してきたメンチコロッケも、蒼太が工夫に工夫を重ねて完成させたレシピだが、味見役はずっと咲奈と琉成だ。

〝これもう、お袋の味ならぬ、我が家の味だよな！〟

〝だよね！　私もやっぱり蒼太兄のこれが、我が家の味だと思う！〟

〝二人の好みが一番反映されてるしな〟

〝〝確かに！〟〟

（我が家の味――か）

蒼太自身は、兄である以上に、もはや保護者という意識のほうが強い。

これは一貫しているが、咲奈とは歳も違えば立場も違う。

多感な年頃だから、ここは黙って待つことにした。

咲奈は湊斗が渡しにいった猫を受け取っている。

それこそ苦しいときの神頼みになるが、今ばかりは、これほど頼れる存在もなかった——。

蒼太は、弟妹が寝静まったあとに子ブタを膝に乗せて構いつつも、カエルやクマと話し合いをすることにした。猫はまだ咲奈の部屋にいる。

吉本夫妻とのやり取りを終始目の前で見ていたのもあり、意見を聞きておきたかったからだ。

（よし！　これでいい）

ただ、その前に蒼太は、各自にお茶と菓子を並べることにした。

毎日祠の供えがきっちりなくなるのだから、もしかしたら食べているのかもしれない——と、考えたからだ。

しかし、神たちによると、「供える気持ちを美味しくいただいてエネルギーにしている」とのことで、供えの白米と水そのものは、やはり野鳥たちの食事になっているとのことだった。

「なるほど！　そうなんですね。聞いてよかったです」

納得すると、蒼太は一つ気がかりが減った。

また、こうして話をするときには、今後もお茶や菓子を出そうと決めた。とりあえず手に取って食べるふり、飲むふりまでしてくれるので、蒼太自身も楽しくなるからだ。

「クマさんよ。わいはやっぱ、あれやないかと思うんやが」

「うむ。わしも、なんとなく。ただ、確信があるわけではないからのぉ〜」

すると、カエルとクマが目配せをしながら、言いにくそうに話し始めた。

「——は⁉ 財産狙い、ですか？」

いきなりの突撃に憤慨こそしたが、そうした考えは浮かばなかった。

様々な手続きを進める中で、保険金も含め遺された大概のものが蒼太名義で動くことがわかっていたので、二人の引き取り理由として思いつかなかったのも無理はない。

「いや、あの夫婦がそうかどうかは、はっきりわからん。正直、奴らが来るまで忘れとったし。ただ、父ちゃんが再婚して、母ちゃんたちがこの家に来てから、ずっと祠に手を合わせてくれててな——。いつやったか、母ちゃんが父ちゃんと前の家のことを話してたときがあったんや」

クマやカエルの説明によると——。

〝君の保険の受け取りを俺と蒼太にする？　どうしてまた〟

〝あなたが、当然のようにそう言ってくれる人だからよ。小さい子供がいるのに、万が一てなんて考えたくない。でも、私に親兄弟はいないし、前の夫が亡くなったとき、同居していたお義母《かあ》さんとけっこう揉めたの。生命保険で下りるお金を養育費にして、咲奈と琉成を置いて出ていけって迫られて――。けど、実際は前夫の入院や治療に大分かかったし、そもそも保険も治療メインだったから、亡くなってもお葬式代が賄えるくらいしかなくて……〟

この話は再婚後、保険の見直しをしていた頃だろう。

蒼太がここ連日、目を皿のようにして読み込んだ契約書の日付から考えると、再婚して一年後ぐらいだ。

〝でも、そうとわかったら、今度は途端に親子共々出ていけって。もちろん、同居していた実家は、お義父《とう》さんが亡くなったときに、お義母さん名義に変えていたから、追い出されても仕方がないんだけど。ただ、仮にあのとき遺産があったらどうなっていたんだろう？　そのために咲奈と琉成を奪われていたかもしれないって考えたら――。二人に多少残すにしても、あなたや蒼太くんを介したほうが安心だって思えたの〟

蒼太は今さっきまで引っかかっていたことが、ようやく腑に落ちた。

〝――信用してもらえるのは嬉しいけど……、しすぎじゃないのかい？　もちろん、受取人の名義なんて、咲奈や琉成が成人したら変えれば済む話だが〟

〝だったら、それでいいってことにして。私、ここへ来てから、義理の両親でも心から嫁を大事にしてくれる人たちもいるんだって、初めて知ったの。しかも、連れ子のことまで、実の孫同然に可愛がってくれて。蒼太くんにしたって、そうよ。実の弟妹同然に接してくれて。咲奈なんて、本当に気難しい子だったのに――。いつの間にか琉成と一緒になって、蒼太兄、蒼太兄って〝

穂乃花が自身にかけていた保険の受取人を夫と実子ではなく、夫と蒼太にしたことには理由があった。

もしかしたら、こうした考えで旅行保険のほうも蒼太が受取人となっていたのかもしれない。

それにしたって、前夫との死別で発生したトラブルが、よほどトラウマになっていたのだろう。

〝だから、これは私が安心したいだけなの。お願い〝

蒼太は、カエルたちの話を聞き終えると、無性に切なくなり、膝に乗せていた子ブタを抱き締めた。

ふと、日報にときどき書き込まれていた穂乃花の文字を思い出す。

〝ここのお義母さんは本当に優しい。子供たちのことも、蒼太くんと同じように褒めて、叱《しか》ってくれて。お義母さんの子に生まれたかったな〝

〝明日は久しぶりにお義父さんが帰ってくるので、蒼太くんに手伝ってもらって、ご馳走にしよう！〟

〝時雨さんたちと親しくなれた。まさか、今になってママ友が――。親友ができるなんて夢みたい！〟

〝蒼太くんのおかげで、咲奈が家庭科の調理実習で褒められた〟

〝琉成がゲームで蒼太くんに勝ったってはしゃいでいたけど、勝たせてもらったんだよね？　って思ったら、本当にゲームは苦手だった！　――なんか、蒼太くんらしい〟

〝咲奈と琉成が本当に明るくなった。こんなに素敵な家族を作ってくれた主人とこの家の人たちに感謝！〟

〝今になって、身籠《みご》もった。みんなが喜んでくれて、涙が出た。生まれてくる子は幸せ。あ、氏神様にも無事に生まれますようにとお願いしなきゃ！〟

〝生まれた！　私たちの新しい家族――湊斗〟

どれもこれも幸せそうで、字が躍っているようだった。

店でトラブルに見舞われた日や、親子喧嘩《げんか》をした日もあっただろうに、穂乃花はそうしたネガティブなことをいっさい書き残していない。

代わりに父親が書いていたからかもしれないが――。

いずれにしても、蒼太は一度きちんと最初から読み直して、特に問題がないとわかったら、咲奈や琉成にも見せようと思っていた。

もしくは、確認の必要がないくらい、二人が精神的にも落ち着いてきたら――と。

「なんにしても――。そこまでせんと安心できんとは……。ここの家のもんらに信頼があったのは当然のこととして、前夫の実家でよほど嫌な目に遭ったんじゃろうのう」

一通り説明を終えると、クマはガックリと肩を落とした。

それでも蒼太からすれば、クマやカエルが二人の会話を思い出してくれて、また聞かせてもらえて、よかったと思う。

吉本夫妻をどう捉えていいものかなんとなく見えてきた。

咲奈や琉成と今後いっさい距離を置かせるのか、そうでないのか、どの程度警戒すればいいのか。

ただ、ことがことだけに蒼太は悩んだ。

「――ですね。でも、母さん。そのときも、吉本さんのことは言ってなかったんですよね？　揉めたのは、あくまでもお姑さんとで――。吉本さんも、自分の母親との折り合いが悪くて、引き取れなかったと言っていたから、ここの関係はどうだったんだろう？」

「う～ん。わいから言わしてもらえば、過去のことは置いといて――。ぶっちゃけ、十年も会っとらん、その間見た目も中身もどないに育っているかもわからん子を、いきなり引き取って育てたい思うもんか？　ほんなら、遺産目当てです――言われたほうが、わっかりやす～ってなるけどな。ってか、ほんまに姪甥が可愛かったら、いくら再婚したからいうても、姿を見にくるくらいはできるやろう」

「う〜む。確かにのぉ。とはいえ、人間の頭は都合ようできとるからなぁ〜。向こうからしたら〝会いにきてくれた！　嬉しい‼〟って、姪甥が喜ぶと信じて、疑ってないかもしれんぞ〜っ」

カエルは個人的な好き嫌いはさておき、客観的に見ても、遺産目当てのほうが納得しやすいと主張し、クマもこれに頷いた。

ただ、人間が都合よく脳内変換をすることも指摘されると、蒼太は俯《うつむ》きかけた。

ポジティブと言えば聞こえはいいが、自分だってそうかもしれない、そうでないとは言いきれないことが、ここまでの人生で無数に思い浮かんだからだ。

「それに、今どき人間の子一人育てるんには、一千万やったか？　下手したらもっとかかるんやろう。いくら半分以上は育ってるにしても、学校に金がかかるんはこっからが本番や〜って、父ちゃんらも言っとったし。財産目当てでないなら、あのオバハンちは、そない金持ちなんか？」

しかも、ここ最近の蒼太がお金の心配ばかりしていたからか、もしくは曾祖父の時代から当家を通して世の中を見ているからか、カエルも金銭的なことには詳しかった。

よもやカエルから人間界の養育・教育費の話が出るとは思わず驚いたが、言われてみれば確かにそうだ。

「――どうなんでしょう。でも、弟さんが亡くなったときから養子を考えていたんだとしたら、ある程度の世帯年収はあるんじゃないですかね？　もちろん、相手がどんなに金持ちでも、咲奈と琉成は渡しません！　本人たちから〝向こうへ行きたい〟って言われたら考えますが。でも、絶対にそれはないって思うので」

自分で口にして不安になるのもなんだが、蒼太は早めに咲奈や琉成と話し合う必要性を感じた。

「だよな〜。けど、あのオバハンら。蒼太におん出されて、諦めたんかな？」

カエルが腕組みをしながら「う〜ん」と唸る。

とぼけた顔の作りは変わらないのに、不思議と悩みが表情に表れているように見える。

雰囲気でそう感じるのかもしれないが、蒼太はこれまで以上に親近感を覚えると同時に、不安にも駆られた。

「そうなんですよね。そこが心配で。もし学校帰りに待ち伏せでもされたら――と思うと。何を吹き込まれるかわからないし。かと言って、怒りに任せて、香典袋も書類も全部返してしまったので、連絡先もわからないから、こちらからは念押しもできない。戸籍抄本まで見せてもらったのに……」

蒼太は特に咲奈のことが気になった。

二人とも思春期に間違いないが、名指しで男女の話をされた嫌悪感はそうとうなものだろう。蒼太自身でさえ、家族としての絆《きずな》を汚れた目で見られた不快さは、簡単には拭えない。

ただ、同時に腹立ち紛れに言い返してしまったが、吉本に「援交」と口にしてしまったことは猛省をしていた。吉本夫妻に対しては悪いと思わないが、これを咲奈が聞いていたらと考えると、申し訳なさしか起こらなかったからだ。

「ん！　そうしたら、しばらく見張りをつけよかのぉ」

――と、ここでクマが手に持っていた菓子を皿に戻した。

「見張り……？」

「まあ、わしに任しとき。ほっほっ」

穏やかで愛らしい顔をしたテディベア。

しかし、今夜はいつになく悪そうな顔つきをしているように見える。

（やっぱり俺も、自分に都合のいい頭をしてるんだろうな）

「ぷっ」

ただ、子ブタが蒼太と一緒になって構えたので、表情の変わらない縫いぐるみの中で神様は「要らんことを持ち込みやがって」と怒り、実際に悪そうな顔つきをしていたのかもしれないが――。

7

異変が目に見える形となって現れたのは、翌朝のことだった。

湊斗が久しぶりにおねしょをしたのだ。

「ごめんな……、しゃい」

「いいよ、いいよ。それより、風邪引いてないかな？　お尻、冷たかっただろう」

「蒼たんっ」

「はいはい。しっかりお尻を洗って、着替えような」

「はいっ」

これはオムツが取れてから一度もなかっただけでなく、両親の葬儀後初めてのことだった。

やはり、幼いながらに、漂う空気の悪さを感じているのだろう。

これを見た咲奈も察するところがあったのか、気まずそうに謝罪をしてくる。

「昨日はごめんなさい。ちょっと、ビックリして……」

その後は、いつものように席へ着いて朝食をとった。

しかし、まだ「きちんと話そう」と言えるような雰囲気ではない。

それは蒼太にも伝わってくる。

「気にしなくていいよ。ビックリしたのは俺も同じだから。本当、何を言いだすんだってけるんだぞ」感じだよな。でも、直に絡まれると迷惑だし、くれぐれも学校や塾の行き帰りには気をつ
「……ん」

「もちろん、琉成もな」

「おう！」

蒼太は、自身も普段通りを意識して会話をした。

その後は何事もなかったように、二人を学校へ送り出した。

（頼んだよ！）

しかし、いつもと違うのは、そんな二人の頭上には、鴉たちが飛んでいたこと。

クマの計らいにより、今日からしばらく咲奈と琉成の外出時には、こうして見張ってくれることになったからだ。

〝え！　鴉さんたちが見ててくれるんですか!?〟

これを起き抜けに、祠の前で説明された蒼太は、当然のことながら驚いた。

てっきり神らが二人の私物に憑依《ひょうい》をするか、物体から離脱して霊のような感じで、ふらふらとついて回るものだと想像していたからだ。

だが、実際は普段から供え物を食べにきていた鴉たちが、代わる代わる見張ってくれるという。

〝では、頼むぞ！〟

〝カァ――ッ〟

短い腕を空へ掲げたクマからの指示に、中でも見たことがないくらい大きな鴉が声を上げた。

すると、標準サイズの鴉たちが、屋上から一斉に飛んでいく。所定の位置にでもつくのだろうか。

〝――でも、クマさん。俺、あの大鴉さんは、今日初めて見るんですけど。うちのお供え、食べにきてましたっけ？〟

〝ほっほっほっ。よう気付いたの。あの大鴉は、ここの鴉たちを率いてもらうために、余所から呼んだんじゃ。わしが知る限り、一番能力がある鴉でのぉ〜。空では鳥内《ちょうない》会長もしておって、とても頼れるやつなのじゃ〟

〝余所から、わざわざ。それは、あとでお礼をしないと。でも、鳥内会長で一番能力があるって……。まさか、猫でいう、化け猫みたいな感じじゃないですよね？〟

〝う〜む。まぁ、ちいと長生きはしているが、わしほどではあるまい。なんにしても、これで娘らに奴らが接触してきたら、追い払ってくれる。うまくいけば住処まで暴いてくれるじゃろう。安心してよいぞ〟

そう言われると、ちゃんと連携を取って飛んでいるように見える野鳥たちに、蒼太は感心から溜め息が漏れた。

また、一番小型で愛らしいルックスのクマが、大物にしか見えなくなってくるから不思議だ。

〝さすがは神社上がりの神さんやな〜。石のわいとは、力も伝手《つて》も違う！〟

カエルもひたすら感心して、拍手をしていた。

――神社上がりって言い方でいいのか⁉

そう突っ込みたいのは山々だったが、それさえ声にならないほど、蒼太は上空を旋回する鴉たちに見惚《みと》れてしまう。

(なんて便利なんだろう。しかも鴉たちなら、威嚇しても、誰かがさせているなんて思わないだろうし。すごいな〜。でも、空にまで町内会ならぬ鳥内会があるのか〜)

蒼太に〝そんなバカな〟という思考は、まったく起こらなかった。

それどころか、神たちには感心するばかりで、せめてものお礼にと、翌日からは白米の小皿と水の小鉢を中型のものにし、量を増やした。

もし中身が残るようなら、やや小さいものに変えればいいし、まずは感謝の気持ちを見た目でわかるように示したかったのだ。

これを見ると、クマはとても嬉しそうだった。

カエルや猫も「うん」「うん」と頷き、鴉たちも俄然《がぜん》張りきって咲奈と琉成のガードをしてくれたのだった。

（咲奈と琉成のことは、ひとまず様子見か――。でも、店に喪中はない。ここからはクリスマス、年末年始と煩忙期だ。ビッグサイトの大型イベントがある年末から初詣《はつもうで》までは、普段とは客層も変わる。あとはあれだ。メンチコロッケの商品化！　こんなときだからこそ、咲奈や琉成の希望を叶えたい）

見張りをつけてから数日、吉本夫妻は現れなかった。

両親絡みの事務処理に追われる中、弟妹のことだけでなく、店のことも覚えて、切り盛りをしていかなければならない蒼太にとって、余計な気がかりや心配がないだけでもありがたいことだ。

特に湊斗のことにはみんなで意識して気にかけるようにしたからか、おねしょも一回限りで済んだ。

おかげで蒼太は、隙間時間を見つけては、新商品のレシピの練り直しや、両親がつけていた店の日報帳を見返すことができるようになった。

日報帳は五年タイプの一言日記帳を利用したもので、開店当時から毎日綴《つづ》られており、現在は三冊目が終わろうとしている。

(——けど、クリスマスに正月か。機会を作って、咲奈とはきちんと話もしたいな。……あ、不動産チラシのことが愚痴ってある。〝その家買います〟みたいなあれって、定期的に入ってくるんだな)

日報の中には客との会話や従業員との雑談、日記のようなメモ書きも交じっており、蒼太は改めて両親のマメさを知る。

特に、ネット上のカレンダーやスケジュールを利用した書き込みのデータではなく、手書きというのにも、心が温かくなった。

(ってか、え⁉ 隣の縦長アパートって、いつの間に持ち主が変わってたの？ ——あ、そう言えば、咲奈の親友で、双子の名前みたいだな～なんて言っていた、お隣の愛奈《まな》ちゃん。中学に上がるときにお祖父《じい》ちゃんが亡くなって、そのタイミングで引っ越ししたんだっけ。あのときは家の都合って聞いていたけど、もしかしたら相続絡みで手放したってことだったのか？ てっきり賃貸に出したんだと思い込んでたけど……。ってか、父さん。〝いざってときのために、積み立てを増やさないとな〟なんて、書いてる場合じゃないよ。

うちだって、旅行の保障がなければアウトだったよ）

知らなかったことを知ったり、なんてことない呟きに突っ込みを入れたり。

ちょっと癖のある父親の文字に、これまで以上に家族への愛情を感じる。

（――とりあえず、これは引き続き書いておくか。まずは、旅行の日に遡《さかのぼ》って――と）

蒼太は、ここでも引き継ぐものを見つけて、記帳していった。

今はまだ感情を乗せることができそうにないので起きたことだけを淡々と、簡潔に――。

そう思ってペンを取ったが、子ブタが届くと記入したところで、「一瞬、傷心が吹っ飛ぶくらいビックリしたぞ！」と、突っ込んでしまった。

（父さんも母さんも、本当に人がいいんだから）

そんなことを思いながら――。

（あ、店からの呼び出し音だ。まさか、また吉本さんたちじゃないだろうな。鴉でも追い払えなかったのかな？　とにかく、気を強く持っていくぞ!!）

しかし、そんな蒼太に、よもやまさかというような、新たな問題がのしかかってきた。

クリスマスイブを三日後に控えた木曜に、「急なのは承知の上で」と、既婚の男性バイト尾上と賀谷が辞めることを伝えてきたからだ。

「――は？　明日から来ないだと!?　クリスマス前の、師走《しわす》のこの忙しいときだってわかってて、それも二人一緒にだ!?　連れションじゃないいんだぞ！　何考えてんだよ！　いい大人が空気も時期も読めないのかよ！」

聞きつけてレジから飛んできて開口一番罵声《ばせい》を飛ばしたのは江本だ。

(辞める？　いきなり二人も？)

バックヤードで対応をしていた蒼太は、衝撃が大きすぎて言葉が出なかった。

江本がレジを離れた間は植野がレジを対応してくれている。

どうやら「行け！」と江本を送り込んでくれたのは植野のようだ。

多少揉めてもいいようにと考えたのか、店へ続く扉もしっかり閉められている。

「言いたいことはわかるよ。けど、こっちは大人だからこその事情があるんだよ」

「そうだ。家庭持ちには家庭持ちにしかわからない事情もある。理解してくれとは言わないが、君に責められる謂《いわ》れはない。蒼太くんから言われるならまだしも——ね」

「っ‼」

バイトたち三人が睨《にら》み合う中、蒼太は必死に頭の中を整理した。

リニューアルオープンから五年も勤めてくれた彼らが、ここにきて辞める。

店の待遇が悪かったのか、それともオーナーが代替わりしたからなのか、もしくは各家庭で何かあったのかと理由を探す。

だが、本人たちが「事情がある」と言う限り、留めおくことはできない。

(——よし)

蒼太は一呼吸してから、まずは憤る江本に声をかけた。

「江本さん。お二人にだって、事情があることですから」

「でも、蒼太く――っ」

まだ何かを言いたげな江本には、「話はあとでしましょう」と、両手で落ち着くように促した。

蒼太は尾上と賀谷の二人に目を向ける。

「急で驚きましたが、これまでありがとうございました。こういう手続きは初めてなので、少し手間取るかもしれないですが、必ずミスがないようにしますので」

まずは今日はまで勤めてもらったお礼に頭を下げる。

この時点で、二人の退職は決まった。

だが、なぜか尾上と賀谷は安堵したようには見えない。

それどころか、顔を見合わせると、憤りを隠すことなく呟いた。

「引き止めもなしか」

「困るとさえ言ってもらえないんだな」

「え？」

蒼太から無意識のうちに疑問の声が漏れる。

今後の日程からシフト状況だけでなく、これまでの付き合いから考えれば、断腸の思いと言っても過言ではない気持ちで、蒼太は彼らの申し出を受け入れた。

「家庭持ちにしかわからない事情もある」とまで言われたら、蒼太にはどうしようもない。

しかし、彼らは不満を漏らした。

蒼太は意味がわからず、困惑してしまう。

「いや。思ったよりあてにされてたわけじゃなかったんだなって。まあ、隙間埋め要員だってことはわかってたけど」

「それでも、困るって言ってもらえれば、留まるつもりはあったんだよ。まさか、こんなにあっさり承諾されるなんて」

ただ、彼らの話を聞くうちに、引き止められることを想定した申し出だったことは、理解ができた。

(え？ そうしたら、俺はなんて答えたらよかったんだ？ まさか、試されたのか？)

すると、ここで江本がバン！ と、側に置かれていた事務用のデスクを叩いた。

「どの面下げて言ってるんだよ！ いい大人が、かまってちゃんかよ！」

「江本さん！」

蒼太が止めても、今度は聞かない。

江本は隣に立つ蒼太を押し退けて、尾上と賀谷に食ってかかった。

「止めるな、蒼太くん！ こいつら、フレンドマートのフランチャイズオーナーから引き抜きされたんだよ。辞めるってことは、それを受けたってことだ」

「……なっ！」

「誰がそんな！」

「違うのかよ。だとしても、まだ返事してないだけで、これからするんだろう。だって、その話なら俺にもきた。植野さんや浅田さん、石井さんにも。全員にきてるんだからさ！」

「「――」」

江本から発せられた言葉に、尾上と賀谷が顔を見合わせる。

だが、蒼太からすれば、これこそが寝耳に水だ。

父親が店を始めてかれこれ十五年になるが、引き抜きなど聞いたことがない。

（フレンドマートのオーナーから、引き抜き⁉　え⁉　そんなことがあるのか⁉）

フレンドマートは、規模はハッピーライフよりも小さいが、関東を中心に店舗数を急増させているコンビニエンスストアだ。親会社が不動産系列で、この界隈にも何軒かある。

最近よく入ってきていた不動産のチラシの大本だ。

ただ、従業員の引き抜きは初めて聞いた。神処からも、そうした話は聞いたことがない。

となると、この辺りではなかっただけで、余所ではあるのか？

それとも代替わりをしたから狙われたのか？

いずれにしても、蒼太は江本や尾上、賀谷の顔を見回すことしかできない。

（確かに、コンビニバイトは入れ替わりが激しい。けど、それを踏まえてうちは人数も揃えてるし、時給だって悪いほうじゃない。それに、たまに事件なんかもあるから、絶対に一人勤務にはならないようにシフトも組んできたし、急な欠勤があっても家族で穴埋めをするようにしていた。――なのに、余所に引き抜かれちゃうの？　そしたら、どんな待遇ならよかったんだ？）

両親や蒼太にしても、従業員に対しては、常にできる限りのことはしてきたつもりなだけに、茫然としてしまう。

江本は憤り続けていた。

「けど、俺たちはその場で一蹴《いっしゅう》したんだよ。当たり前だろう。どんな気持ちで蒼太くんがホテルの仕事を辞めたのか、あとを継ぐって決めたのか……。仮に、そうでなかったとしても、こんなときに！　店がなくなるわけでもないのに、引き抜きなんかで離れられるわけがないだろう‼」

蒼太がハッとしたときには、江本の目が真っ赤になっていた。

最初は怒りで目を充血させていたのかもしれないが、今は違う。

バイトとはいえ、長年一緒に勤めてきたのだ。

通夜では「俺たちが一致団結しないとな」などと話し合ってもいた。

それだけに裏切られたような気持ちになったのだろう。

「江本さん！　もういいです。ありがとうございます。その気持ちだけで十分ですから」

「──っ」

蒼太が叫ぶと同時に、江本が顔を背ける。

震える肩から、彼が奥歯を噛み締めているのが見えるようだった。

蒼太は、今一度尾上と賀谷に目を向ける。

「──すみません。俺も退職したばかりですが、職場では事情を察して快く送り出してもらいました。俺としては、すごく助かりました。なので、この場で辞めることを受け入れたのは、お二人にもそれ相応の事情があってのことだと思ったからです。引き止めても、困らせるだけでしょうし」

蒼太は、この場の誰が悪いとは考えたくなかった。

強いて言うなら、代替わりをした自分が、彼らと信頼関係を築けていなかったということだろう。

これから徐々に築こう──では遅かったのだ。

他店から声がかかったなら、こうした自分の甘さにつけ込まれた。

そう思うことしか、できなかったからだ。

「俺には、自分のわがままで、引き止めることは考えられませんでした。せめて、これまでの感謝を伝える、申し出を快く受け入れて手続きをする。そんなことしか思いつきませんでした。本当に、ごめんなさい」

それでも、自らの気持ちを明かし、頭を下げてこの場を収めようとしたのは、蒼太なりの意地だった。

事なかれ主義に見えるかもしれないが、相手のことを考えて出した結論が、間違っていたとは思いたくない。

ましてや、仕事を辞めるという申し出をしておきながら、空気を読んで引き止めろなんておかしいと思うし、これが仮に恋愛や友情の話であっても駆け引きは苦手だ。

これが試し行為なのだとしたら、するのもされるのも大嫌いだ。

(ここで、本当の大人なら、ああよかった——って、引き止めるのかな？　今二人抜けたら地獄だもんな。けど、こんな状態になっておいて、また笑って一緒に仕事ができるほど、俺は人格者じゃない。自分が寝ないで働くほうが何万倍も楽だ)

蒼太は二人に下げた頭を上げると、話はここで終わりにしようと思った。

嫌な気持ちのまま去らせることになってしまうが、相手も大人だ。

そもそも、余計な一言で、こうなるきっかけを作ったのも向こうだ。

自分の倍近くは生きている人間に、これ以上のフォローはできない。

だが、こうした蒼太の態度が、余計に気に障ったのだろう。

ふと、尾上が言った。

「――そんなふうに考えられるのは、やっぱり余裕があるからかな」

「だよな……。親が残してくれたものが大きいと違うよ。世の中には、借金を残していく親だっているのに。羨ましい限りだ」

これに賀谷が答える。

「なっ！　お前ら――痛っ⁉」

苦笑なのか嘲笑なのか、曖昧な笑みまで浮かべられると、再び江本が食ってかかりそうになるが、蒼太は反射的にこれを止めていた。

「……蒼太くん」

むしろ、江本の腕を力任せに握り締めることで、わずかながら平静を保つ。

「そうですか。けど、俺には親を亡くして羨ましがられる理由が、さっぱりわかりません。でも、その説明は要りません。あなたがたの考えを理解できないのではなく、理解をしたくないので」

淡々と話す蒼太を横目に、江本は息を呑んでいた。

「ただ、俺は実際に恵まれているし、幸せです。今も、そしてこれからも、両親のことが大好きです。今後、どんな状況下に置かれても、それは変わらないと思います。いいえ、決して変えません！」

「――」

「……」

尾上と賀谷は黙り、さすがにこれ以上は何も言葉を発しない。

「お二人には、これまで両親とこの店を支えていただいて、また俺にもよくしていただいて、感謝しています。これは間違いないです。では必要な手続きが完了しましたら、お知らせは書面にて郵送させていただきます。ありがとうございました」

蒼太は、最後にもう一度だけ頭を下げると、江本を放した手で、店への扉を示した。

そして、自ら誘導し、店内を通って二人を送り出す。

「蒼太くん」

ある程度、話は聞こえていたのだろう、植野が心配そうに声をかけてきた。

すっかり血の気が下がったらしい江本も、一緒になって顔色を窺ってくる。

だが、数秒ごとに血の気が下がり、冷静さを取り戻してきたのは、蒼太も江本と同じだ。

途端に、脳内ではここから二週間分のシフト表がグルングルンと回り始める。

「――も、申し訳ありません。神処さんに応援要請をします。自分でも臨時のバイトを探して、地元住まいの同級生なんかに声をかけます。ただ、時期が時期なので、遊びほうけて捕まる気がしないんですが……。俺自身も全力で穴を埋めますので、どうか！　今からでも、もし入れるところが増やせたら、シフトをお願いします‼」

ただ、これればかりは、そうとしか言いようがなくて、蒼太は植野と江本に身体を折って願い出た。

(あ……。尾上さんたちも、こうして俺に頭を下げてほしかった? 全力で頼ってほしかっただけなのか? それもどうかと思うけど。本業も家庭もある人たちだから、俺としては極力無理なお願いはしないようにしていた。でも、それが〝あてにされてない〟って誤解に繋がったのかな? まあ、どのみちあとの祭りだけど)

ふっと、こんなことも思いはしたが——。

＊＊＊

急なシフト調整に追われることになった蒼太は、最初にその場に居合わせた江本と植野に相談をした。

その上で、従業員でグループを組んでいるチャットアプリで話を共有したほうがいいだろうということになり、まずは尾上と賀谷が辞めたことを伝える。

そして、ここから半月分の空き時間を並べて、追加で入れるようならお願いします——と、書き込んだ。

すでに江本や植野は限界まで入れてくれていたし、浅田や石井には家庭があり、この週末から冬休みに入れば、小学生や中学生の子供たちが家にいることになる。

なので、無理のないところで、もし入れれば――という前提で、お願いをした。

当然、同時に本部や友人にもあたるので、返事は明日、明後日《あさって》でもいいし、誰か見つかれば直ぐにその旨書き込む――とも付け加えた。

そして、そこからすぐに神処にはメールで、瑛には電話で連絡を取り、事情を説明して相談をする。

すると、いつもなら家族でハワイだなんだと言っている瑛が、大学が冬休みに入るということもあり、穴埋めを一手に引き受けてくれた。

〝もともと冬休みは蒼太を手伝うつもりでいたし、その時間帯なら全部埋められるよ。それに、辞めたのがその二人なら、実質一人分ちょいくらいの時間だろう？　いけるいける！〟

「――え⁉　旅行は？　やっと流行病も落ち着いてきたし、今年こそハワイかグアムだなって、夏頃から言ってなかったか？」

〝いや、この円安だぞ。今、海外に行ってどうするよ〟

「円安？」

〝それに、嘘をついてもしょうがないから、言うけどさ。蒼太のおじさんとおばさんのことがあって、うちの両親もガックリきてて、この正月は喪中決定だよ。それに、こんなときに引き抜きされたって聞いたら、母親が烈火《れっか》のごとく怒りまくって、今現在大フィーバーだ。すごいよ、怒りのパワーって。俺が急用でシフトに入れなくなったら母親が手伝いにいくって、張りきってる。だから、安心していい〟

円安がどうこう言いつつ、行くのをやめた理由は、事故によるところが大きいのだろう。

瑛も一瞬は、円安で押し通そうとしたのかもしれないが、嘘をついても気を遣わせるだけ。

正直に言ったほうが蒼太も楽だとすぐに判断したようだ。

いずれにしても、蒼太にとっては地獄に仏だ。

持つべきものは、親子揃って身内同然の親友だ。

「――そっか。ありがとう。めちゃくちゃ助かる。本当に、おじさんとおばさんにも、よろしく伝えて。改めてお礼にいくけど、まずパートさんたちに連絡するから」

〝ああ。なんにしても、うちは後回しでいいんだから、頑張れよ。あ、あと！　咲奈ちゃんと琉成のことも、もし拗《こじ》れることがあったら私設弁護団が立ち上がるからな。そこ、忘れるなよ〟

「え？　そうなの。わかった。心強いよ。しっかり覚えておく。それじゃあ、また」

〝ああ。またな〟

蒼太は瑛との電話を終わらせると、バックヤードから顔を出して、江本や植野に報告をした。

「瑛くんが！　それは百人力だね。よかった」

「うわ～。本当、助かりましたね！」

また、浅田や石井にはチャットアプリで、神処にはメールで「お騒がせしました」と報告を入れる。

すると、すぐに「よかった！」「瑛くんなら安心ね」「持つべきものは頼りになる友だね」などと返事がきて、シフトの件についてはひとまず片付いた。

（たった一時間の間に――、天国と地獄を見たな）

事務デスクに置かれた時計を目にして、全身から力が抜けた。

気持ちが張り詰めていたのがわかる。

蒼太は「少しだけ」と自分に言い聞かせて、バックヤードの座敷に腰を落ち着けた。

だが、ついさっき、この場で尾上や賀谷に言われたことが思い出されて胸が痛む。

（――まだ二十一だっていうのに、実母に祖父母、実父に継母との死別。俺の常識で考えたら、決して余裕があるとか、羨ましいなんて発想にはならないけど、目に見える遺産があるってだけで、そんなふうに考える人もいるんだな）

辞めた二人には家庭があり、交代勤務の空き時間にこの店のバイトを入れていた。

勤め先がこの界隈にあるというだけで、自宅は羽田《はねだ》空港方面になるが、「都会の家賃は高いよな」などと言っていて、奥さんもパートに出ているとは聞いたことがあった。

子供は中学生や高校生で、今後かかる学費を考えたら、隙間時間でもなんでも働きたいのは、蒼太も彼らも変わらない。

それでも、受け継ぐ土地家屋があるというだけで、羨む対象にはなるのだろうし、港区で駅近という土地柄もその要因の一つだろう。

さすがに「保険金」や「遺産」といった言葉は口にはしなかったが、ちょっと調べれば、旅行の死亡保障で下りる金額まで推測できる。

他人の懐を計算して何が楽しいんだとは思うが、興味があれば概算くらいはできてしまうのが現実だ。

だったらいっそ、相続税まで計算してくれと思うが――。

もしかしたら、自分は金銭的なことで両親に苦しめられたのにどうしてこいつは⁉　など、蒼太の知らない過去のことで逆恨みされた可能性もある。

だが、蒼太からしたら、踏んだり蹴《け》ったりもいいところだ。

むしろ人間の醜い部分を嫌というほど見せつけられたことのほうが、他社に引き抜かれるだの、やむを得ない事情で辞められるだのよりも衝撃的だった。

同世代の人間にされてもどうかと思うのに、倍近くも歳の違う大人が相手なら、なおのことだ。

（でも、だからこそ、瑛みたいな幼馴染みがいるだけでも、幸せなのか。それに、実の両親が一人っ子で、どちらの祖父母も他界している。天涯孤独になってもおかしくないのに、弟妹がいる。咲奈、琉成、湊斗と三人もいる。やっぱり恵まれていると嫉妬《しっと》されてもおかしくないんだろうな)

それでも、不思議なもので——。

自分を傷つけるのが人間なら、癒やしてくれるのもまた人間だ。

短期間にいろいろなことが重なりすぎて、タスクメモでは整理できない感情の起伏の中でも、手を差し伸べてくれる人間がいることには感謝しかない。

しかも、カエルたちまでいて、今となっては「カァ」という鴉の鳴き声を耳にするだけで、独りではないことも実感できる。

(笑い合える家族がいて、必要な衣食住が揃っている。これだけでも嫉《ねた》み、嫉《そね》みの対象になるなんて世知辛すぎる)

蒼太は、そんなことを考えながら、溜め息まじりに微苦笑を浮かべた。

「よし！　今のうちに、揚げ物の仕込みをしておこう」

その後は勢いをつけて立ち上がる。

だが、同時に玄関のインターホンが鳴った。

「——？　吉本夫妻の再来は勘弁してくれよ」

思わず声に出てしまう。

座敷から立ち上がり、バックヤードから自宅玄関へ向かって、扉越しに「はい」と応える。

「どちら様ですか」

「中央《ちゅうおう》不動産です。お約束していた資料が出来上がりましたので、お持ちしました」

ドアの向こうからは、中年男性のものらしき声がした。

「中央不動産？　ああ、最近チラシを多く投函《とうかん》していたところですね。けど、うちでは何も約束はしていないですよ。お間違えですので、お引き取りください」

蒼太にはまったく覚えがない。両親から聞いた記憶もない。日報にも、そんな書き込みはなかったし、何より相手はフレンドマートの親会社だ。さすがに引き抜きとは無関係だろうとは思ったが、それでも口調が荒くなるのは止められなかった。

蒼太は扉も開けずに追い返しにかかった。

「こちらは社啓太様のご自宅で間違いないですよね？　社啓太様は、ご在宅ではないですか？　できれば、資料だけでもお渡しいただきたいのですが」

（父さん？）

ただ、父親の名を出されたことで、蒼太は首を傾げながらも、扉を開いた。

外にはスーツ姿にコートを羽織った営業マンらしき中年男性と、そうは見えない老齢の男性が立っていた。

後悔先に立たずとはいうものの、蒼太は十分もしないうちに、扉を開けたことを悔いていた。

（あり得ねぇ。これって、どこかに届け出ていいやつか？）

営業マンが挨拶と同時に差し出してきたのは、この土地を含む店舗付き住宅の査定資料。しかも、同伴していた老齢男性のほうは、是非ともここを買いたいという資産家で、なんとフレンドマートのフランチャイズオーナーの一人だという。

なんでも、すでに隣の縦長アパート、更にはその隣の雑居ビルの持ち主でもあり、ここを買い上げて、三軒分の土地を使って新たな高層ビルを建てる、そしてその一階の一部には、フレンドマートを入れたいとのことだった。

〝すみません。父はこのような査定はお願いしていませんし、家族の誰一人としてここを売る気はありませんので、以後の営業やチラシ投函はいっさいお断りいたします〟

顔を見るなり、ベラベラと高層ビル構想を語られ、蒼太は「知るか、ボケ！」と口から出そうになった。

しかし、呆《あき》れが先にきたためか、かえって冷静になり、丁重に断ることができた。

フレンドマートの名前が出たところで、そのための引き抜きだったのか⁉　とも考えたが、それにしては捕らぬ狸《たぬき》の皮算用が過ぎる。

いくらなんでも、そんなバカなと思い、いったん話は分けて考えることにした。

〝いや、そういうわけには——。私どもは、お父様とお話をしていたので〟

〝そうしたことはいっさい聞いておりませんし、仮にそれが事実だとしても、父は先日他界しましたので、このお話は終わりにしてください〟

〝他界⁉　では、今の持ち主は奥様ですか？〟

〝いいえ。俺です〟

〝——え⁉〟

ただ、しつこく粘られ、話をするうちに、蒼太は営業マンの口調に、わざとらしさを感じ始めた。

〝失礼ですが、それでしたら相続税などのことを考えても、尚更今が売りでは？　そういったご事情でしたら、私もできる限りの価格で買い取ります〟

オーナーが「相続税」と発したことで、父親と話していたというのは嘘だと確信する。

（こいつら！　始めからわかってて来たな！）

最初から土地の纏め買いを狙っていたのか、事故のあとにここもほしいとなったのかはわからない。

だが、少なくともこの界隈にアンテナを張っていれば、当家で葬式があったことは耳に入るだろう。社という苗字も珍しいし、地元の葬儀場を使っている。

何よりニュースにまでなった事故だ。

（こうなると、急にチラシが増えたのも、バイトの引き抜きも、うちのほうから手放したいって気持ちにさせたかったたってことかな？　この辺りの不動産屋なら、相続税が大変なのは見当がつくだろうし。定期的にチラシを入れておくだけでも、客が現れるかもしれない。ビルオーナーならともかく、うちみたいな民家なら――）

しかも、蒼太が腹立ちから口を噤んだのを、検討の余地ありと勘違いしたのか、営業マンがオーナーの後押しをするように言ってきた。

〝そうですよ。私どものほうも手数料の割引などを検討しますし。こういったらなんですが、代々受け継ぐのも、大変な土地柄でしょう？　これもご縁とか、好機と考えてもらえないでしょうか〟

さすがに呆れも何もかもが限界に達して、蒼太は声を荒らげた。

〝ふざけるな！　あるわけねぇだろう、そんな縁！　どこの世界に、親が死んで好機だと思える人間がいるんだよ！　自分と一緒にするな‼〟

〝なっ！〟

〝とにかくもう用は済んだだろう。絶対に売ることはないから帰ってくれ！　あと、この査定。地価を大分安く見積もってるけど、素人《しろうと》相手ならわからないと思ったのか⁉　詐欺で訴えられたくなかったら、二度と来るな。当然、チラシも二度と入れるなよ！　たとえ事情を知らないチラシ配りのバイトの仕業であっても、許さないからな！〟

〝っ‼〟

そうして、強引に見せられた査定書類を足下に叩きつけながら、蒼太は二人を玄関から追い出した。

（普通に考えたって、玄関先の立ち話でするような金額の話じゃないだろうに。よっぽど会社の教育が悪いのか、もしくは俺が嘗《な》められたのか――。くっそぉっ‼）

その後は自問自答の末に、ここでも自身の童顔に憤怒するのだった。

（それにしたって、次から次へと――）

いっそ、突き返せばよかったと思う査定書類を拾い集めながら、それでも蒼太はこれらを捨てることはしなかった。吉本夫妻のときの反省もある。

いったん纏めて、両親の部屋へ置きにいく。

この査定は本当に酷い。今後、何かの際に「こんな詐欺まがいの資料を持ってきやがって」と言えるように、また瑛の教授が私設弁護団なるものを立ち上げるようなことになった際に、役立つかもしれないと思ったからだ。

もっとも、「計算違いでした」で誤魔化せる、「地価を誤魔化そうだなんて滅相もない」と言い逃れができるレベルだが、それでも「不動産屋の営業としては失格だな」くらいの嫌みは言える。

蒼太でもこれくらいのことは考えるのだから、瑛たちならもっといいように利用してくれるだろう。

もちろん、そんな面倒なことにはなってほしくない。

二度と関わってくるなというのが、一番の望みだが——。

（疲れた）

全身どころか精神的にも疲労を感じる。

だが、ときは刻々と過ぎていく。蒼太は両親の部屋からキッチンへ向かった。

そろそろ帰ってくる咲奈たちに、昼ご飯の用意をしようと思ったからだ。

「蒼太。大変や！　ちょっとええか」

だが、そんな蒼太にカエルやクマが寄ってきた。

見れば、そのあとを子ブタが、猫に見守られながらついてくる。

「どうしたんですか？」

「今、鴉から報告があってのぉ」

「鴉さんから⁉」

大変だという報告に鴉と聞けば、咲奈と琉成に何かが起こったのだとすぐにわかる。

「ただいま～」

「ただいまっ」

だが、カエルやクマから話を聞く間もなく、一階から琉成と湊斗の声がした。

カエルたちが慌てて、リビングへ戻っていく。

猫など、別に子ブタはここにいてもいいだろうに、咄嗟に抱えてしまったものだから、今にも転びそうになりながら走っていく。

（うわっ！　うわっ‼　早く！）

なんとか全員ケージまで辿り着く。

蒼太は、子ブタを囲んでカエルたちが座ったところで、声を発した。

「お、お帰り」

「蒼たん」

「――」

先に上がってきたのは、湊斗の手を引く咲奈だった。

「なんだ。咲奈も一緒だったのか。湊斗のお迎え、ありがと――っ⁉」

見るからに咲奈の機嫌が悪そうなのは、瞬時に気がついた。

しかし、すでに蒼太の両手は湊斗を迎えようと伸びており、危うく咲奈ごと抱き締めそうになる。慌てて引こうとすると同時に咲奈の手に弾かれた。

(え⁉)

思いのほか強く払ってしまったことに、咲奈は自分でも驚いたのだろう。

戸惑いがちに「あ」と声を漏らす。

「咲奈!」

琉成が怒声を上げたのもあり、一瞬後には「しまった」という表情に変わる。

「……っ」

しかし、それでも咲奈は無言で唇を噛み締めると俯いた。

身を翻して、いつかのように三階へ駆け上がってしまう。

(咲……奈?)

蒼太は嫌な予感しか起こらない中で、琉成のほうを見た。

湊斗も咲奈の態度に非常事態を感じたのだろう。二人の顔を交互に見ながら、蒼太の足にしがみついて顔を埋める。

「ごめん。蒼兄」

「謝ることはないよ。それより、帰宅途中で吉本さんにでも絡まれたのか?」

「そのほうがどれだけマシか。あいつら、よりにもよって学校に突撃しやがったんだ」

「学校に突撃⁉」

ハラハラしつつも聞き出すと、琉成が「最悪だ」と言わんばかりに、今日学校であったことを教えてくれた。

「吉本夫妻が校長先生たちに、二人の引き取りに協力するよう直談判した？　何かあってからでは遅いし、場合によっては児相に通報、相談することも考えてる——って。まさかそれって、俺と咲奈のことでか？　あんな根も葉もない妄想話を、わざわざ学校にまで言いにいったのか⁉」

琉成の説明は、要点のみに過ぎなかった。

しかし、それでも大方の想像はつく。喜代子のことだ、蒼太に食ってかかったように、今度は校長たちに危機を訴えた上で、自分たちに協力しろと迫ったのだろう。

それも蒼太や咲奈からすれば可能性を示唆されるだけでも腹立たしく、嫌悪感しか湧かない「年頃の男女がどうこう」という話を捲し立てて——。

（あのババアっ！　俺に言ってくるだけならまだしも、学校だ⁉　それも先生たちに……、なんてこと！）

蒼太は、あまりの衝撃に、足から力が抜けるようだった。

「しかも、そのことで俺たちも個々に呼び出されて、確認をされたんだけど。咲奈のときには、保健室の先生も一緒だったみたいで——。もう、最悪だよ！」

(――‼)

そして、琉成が吐き捨てるように言い放ったときには、自分でも完全に受容力を超えたのがわかった。後頭部を殴られたような衝撃に浮遊感を覚えると、急激に意識が遠のいていく。

「蒼兄!」

「蒼たんっ」

音を立てて身体の側面を床に打ちつけたときには、完全に意識を失っていた。

8

キッチンの入り口で倒れた蒼太は、身体に衝撃は覚えたものの、不思議と痛みは感じなかった。

〝蒼兄！　蒼兄‼　咲奈！　蒼兄が――‼〟

〝蒼たんっ。蒼たんっ。あーんっっっ！〟

真っ暗な中で、悲鳴にも似た声で琉成と湊斗が叫んでいる。

(ごめんな……。琉成、湊斗)

〝蒼太！　蒼太！　生きとるか⁉〟

〝蒼太殿！〟

〝気をしっかり持つのじゃ。蒼太！〟

〝ぷぴっ！〟

今度はカエルや猫、クマや子ブタの声だ。心配そうに寄ってきたのが感覚でわかる。

〝蒼太兄――っ‼〟

最後は自室から駆け下りてきたのだろう、咲奈の声もした。

蒼太は、家族みんなが側にいてくれるような感覚に包まれて安堵する。

(カエルさんたち……、咲奈も……)

〝カァ――〟

だが、ここでなぜか、あの大鴉の鳴き声が聞こえた。

同時に、真っ暗だった蒼太の視界に光の点々が浮かび上がり、そこから輪のように広がっていく。

(――眩《まぶ》しい。なんだろう、この景色。あ、学校。もしかして、琉成や咲奈を見守ってくれた大鴉さんの視界？　クマさんが受け取った報告データみたいなものを、俺に見せてくれている？　仕組みがわからないけど……でも、これはきっとそうだよな？)

まるで夢でも見ているようだが、蒼太の目には、校舎の外から校長室を覗き込む鴉と視点が重なった。

ガラガラと引き戸の音まで聞こえて、担任に連れられた琉成が入ってくる。

(――琉成だけ？)

その場に咲奈はいなかった。

(あ、個々に呼ばれたんだっけ。せめて一緒なら、また違っただろうに――)

しかし、校長室には咲奈の担任や三年の学年主任、教頭までもが揃っており、琉成は両親の事故に触れて、今の生活状態を聞かれていた。

これらに関しては、月曜の登校時に報告をしており、教師たちからは「無理をしないように」「いつでも力になるからね」「蒼太にもそう言ってくれ」などと、激励の言葉をもらっていたはずだ。

特に三年の学年主任――ベテラン教師は、蒼太が中学一年と三年のときに世話になったクラス担任だ。父親が再婚した年に担任をしてくれたので、社家の事情や状況は校内の誰よりも知っている。

先日の通夜にも来てくれて、蒼太たちも揃って励まされたばかりだ。

それにもかかわらず、改めて「話を聞きたいから」と呼ばれてみれば、校長や教頭まで揃っていた。

しかも、ここで切り出されたのは、吉本夫妻のことで――。

〝は⁉ 学校にまで来たんですか、あのオバさんたち。いつの間に⁉〟

あれからまだ数日とはいえ、咲奈や琉成に接触はなかったので、蒼太やカエルたちだけでなく本人たちも安心をしていた。

だが、吉本夫妻は咲奈たちには声をかけず、直接学校へ連絡を入れていた。

外堀を埋めるつもりなのか、これでは鴉たちも追い払うことはできなかっただろう。

〝俺や咲奈は、伯母に十年以上も会ったことがないのに⁉〟

〝え⁉ なんだって？〟

琉成が驚いて発した言葉に、校長たちも驚愕している。

すると、ここで場面が変わった。

（視点が変わった？　見ていた鴉が違うのか？）

蒼太は目の前に広がる映像を真剣に見続ける。

（――これは、吉本夫妻が来ていたときのもの？）

校長室には校長と教頭と学年主任、吉本夫妻だけがいる。

そして、ここでも喜代子たちは「蒼太の存在が心配なので、姪甥を引き取りたい」「特に咲奈は年頃の女の子だし」と、咲奈のことを強調しながら息巻いていた。

その上で、「私たち夫婦が姉弟を引き取りたいので、学校側も協力をしてほしい」と願い出たのだ。

〝――いきなり何をおっしゃるんですか？〟

だが、突然そんな話を切り出されたところで、学校側とて「承知しました」「協力しましょう」などと言えるわけがない。

ましてやその場には、蒼太の人となりをよく知る学年主任もいたのだ。

彼が喜代子の言い分に憤慨したのは、その表情からもわかる。

〝さすがにそれは、考えすぎでしょう。蒼太くんに限って、そんな心配はないです。葬儀のときも、しっかりと弟妹たちを守っていて、それは立派に喪主を務めていました。それに、誰の目から見ても、あの子たちはすでに家族で、きょうだいです。このことは我々だけでなく、地元の者ならみんなが知っていることです。小学校の先生方にお聞きしても、同じことを言うと思いますよ〟

それでも彼は、平静を装い、吉本夫妻に安心するよう促してくれた。

だが、これがかえって喜代子を激情させたようで――。

〝先生は他人だし、男性だからそんなことが言えるんです！　どんなにこれまでの家族仲がよくても、血の繋がらない男女なんですよ。何かあってからでは遅いんです。咲奈が傷つくだけです。そうなったときに、いったいあなたたちの誰が責任を取れるって言うんですか！〟

〝いや、待ってください。そういう決めつけこそが、子供たちを傷つけるとは考えないのですか？　ましてや、咲奈さんは受験生ですよ。入試だって目前です。吉本さん。あなたさっきからそのことに関しては、一度も心配を口にされていませんよね？　それに咲奈さんのことばかり言いますが、琉成くんのことはどう思っているんですか〟

〝そんなことは引き取ってから考えます。ものには優先順位ってものがあるでしょう〟

〝私には、あなた方の都合が第一としか聞こえませんが⁉〟

〝なんですって！〟

〝まあまあ、落ち着いてください！　お話はわかりました。こちらでも十分注意をして見ていきますので、ひとまず今日のところはお引き取りください。必要があれば、また改めてお話を伺いますので〟

〝――ふんっ‼〟

あまりに喜代子が捲し立てるものだから、結局その場は校長が宥《なだ》めてお引き取りを願うことになった。

（あ、また画面が。ダイジェストみたいに変わっていく）

その後、咲奈と琉成は、個々に呼ばれて彼女たちが来たことを知らされた。

また、校長自ら「一応」と前置きして、現在の生活や蒼太ともうまくやれているかなどと確認を取っている。

デリケートな話だけに、気を遣ったのだろう。咲奈のときには女性の養護教諭も同席していた。

学校側からすれば、「何をいきなり」「そんなバカな」とは思っても、「万が一」と言われれば、こうして動かないわけにはいかない。

それでもそうとう気を遣った上で、最善の対応をしてくれたことはわかる。

しかし、どんなに学校が配慮をしてくれても、あれだけ騒がれたら、他の生徒たちに変な興味を持たれても不思議はない。

そうでなくても、ニュースになるほどの事故のあとだ。

普段、付き合いもない生徒たちからも、否応なく顔と名前を覚えられて、話題にされていたところへ、伯母たちが乗り込んできたなどといった話が入り交じれば、好奇の目にも晒されるだろう。

また、どんなに地元では理解を得ている家族関係であっても、生徒のすべてが近しい友人ではない。

保護者の中にだって、悪気のあるなしにかかわらず、一定数の噂好きがいることを考えれば、不幸や不都合な話ほど、尾ひれ背びれがついて広まるのは世の常だ。

(なんとしても、これ以上騒がれる前に、あいつらをどうにかしなきゃ。すぐに冬休みだし、入試がある。できることなら、今のうちに――、あ。今度は吉本夫妻だ)

更に場面が変わる。

吉本夫妻は校舎を出てから店の近くまで来て、通りがかりの主婦などに声をかけていた。

神妙な面持ちで「すみません、この辺りにお住まいの方ですか?」「ちょっと、お聞きしてもいいですか?」などと言っては、蒼太の評判を聞き込むふりをして、心配を装い変な話を広げようとしていたのだ。

〝これだけ騒いでおけば、そのうちいづらくなって、自分たちからこちらへ来るでしょう。結局あの二人の縁者は私だけだし――。それに、義兄との仲を疑われて一緒に住み続けたいなんて、私でも思わないしね〟

そうして彼女から本心が漏れたのは、車を駐《と》めていたパーキングへ着いたときだった。

〝きょうだい四人で相続するとはいえ、あの派手な旅行事故の保険金に店舗付きの住宅だ。二人分でも大した額になるだろうし、養育費として持参させれば、あとはこちらでどうとでもできる。なんなら、養子縁組をしてしまえばいいだけだしな〟

〝本当。ニュースで穂乃花の死を知ったときにはビックリしたけど、あなたの計算が早くて助かったわ。夫婦揃って事故死なんてお気の毒だけど、おかげでこちらに引き取る口実ができたし、何より今の旦那の遺産まで分けてもらえるなんて、ありがたいったら〟

やはり、カエルたちが言ったように、財産目当ての引き取り要求で間違いなかった。

しかも、付き合いがなかっただけあり、穂乃花の再婚後の状況――社家の内情もまったく知らずに、思い込みだけで相続分を考えている。

弁護士や興信所を入れて調べることもしていないようだ。

〝金の目処さえ立てられれば、事業も持ち直せるしな。それに、育児にしたって中学生なら自分のことはできるだろうし。高校、大学なんて無理に行かせる必要もない。仕事なら、一生うちでタダ働きをさせればいいんだからな〟

〝カァ――ッ〟

あまりの暴言に腹を立ててか、まるで蒼太の代弁をするように大鴉が怒声を上げた。

〝きゃっ！　何、今の鴉〟

〝お前のネックレスでも光ったんじゃないのか？　とにかく、また日を改めて話をしにこよう。悪い噂が広まりきった頃にな〟

〝ええ〟

吉本夫妻は驚きつつも、慌てて車に乗り込み去っていく。

その車を別の鴉が追っていき、双方を見送った大鴉は、いったん報告に帰ってきたようだ。映像もここで終わっている。

（あっ、あのクソババアども！）

蒼太は両目を開くと同時に、心底から叫ぶ。

だが、まだ目覚めてはいない。これは明晰夢だ。

倒れた場所にそのまま横たわり、それを神たちが囲んで見守ってくれているが、現実ではないと理解できる。

（気がつきましたか）

（蒼太）

（おお。よかった。念もちゃんと受け取ったようじゃな）

猫、カエル、クマが話しかけてきた。

だが、声は同じだが、蒼太の目に映ったのは、見覚えのあるウサギ、クマ、ブリキのロボットだ。

（あ……）

これらは幼い頃に蒼太が遊んでいたもので、ウサギとクマは実母の葬儀のときに、寂しくないように――と、棺に入れた。

また、ブリキのロボットはそれ以前に壊れており、修復不可能だったため「いっぱい遊んでくれてありがとう」「ばいばいね」をしてから、母親が処分したはずだ。

大分ごねて、「潰れたところで、蒼太が怪我をしたら大変だからね」と説得された気がする。

だが、今にして思えば、あれは自分が階段から落ちたときに、下敷きにして壊したのだ。

一人で落ちたはずなのに、自分は無傷で――そう思うと、いつも起きたら忘れていた夢が頭を過った。

（ああ――、そうか。そうだったのか）

蒼太はようやく気がついた。

自分も湊斗のように彼らに遊んでもらっていたのだ。

それどころか、階段から落ちたときも助けてもらっていて――そう気付いた瞬間、神たちは今の姿で見えるようになった。

ウサギは猫に、ブリキのロボットはカエルに、クマはクマに。

だが、蒼太は何か足りない気がした。

——なんだろう？　何が足りないんだろう？

（わしらも見せてもらったが、酷いもんじゃな。——が、これで奴らの目的は、はっきりした。悪意があるとわかれば、容赦はいらん。やりようはあるじゃろう）

しかし、クマが話し始めると、蒼太の気がかりは消えた。

話題へ気持ちが切り替わったのだ。

（はい。でも、それより今は咲奈のことが——）

そう言っている間にも、現実の咲奈の声が聞こえてきた。

心なしか、腹部が圧迫されているのは、湊斗がしがみついたまま眠っているようだった。

＊＊＊

「私のせいだ。ただでさえいつ倒れてもおかしくないほど疲れていたはずの蒼太兄に、当たるようなことをして。蒼太兄は、何も悪くないのに……。むしろ、私のせいで嫌な思いをさせられて——。私が当たられても不思議じゃないのに」

（……咲奈）

蒼太は夢から覚めて、意識が戻った。

咲奈と琉成では、動かせなかったのだろう。頭には枕が当てられ、身体には毛布がかけられていたが、倒れた場所で寝かされている。

「それを言ったら俺のせいだよ。腹立ち紛れだったとはいえ、余計なことを言って」

「でも」

蒼太の側に座り込む咲奈と琉成は、互いに後悔を口にしていた。

まだ重い瞼を、徐々に開いていく。

（ん？）

瞬間、蒼太の頬に子ブタの鼻先がピタッとつけられた。ブタチュウをされたのだ。

しかし、それだけなら「お前も心配してくれたのか！　ありがとう」で済む。が、横たわる蒼太の右側には咲奈と琉成、左側には湊斗がいるのだが、それだけではなかった。

「まあまあ。どちらのせいでもないじゃろう」

「そうですよ。すでに蒼太殿は心身共に限界でした。特に今日は、バイトが辞めたり、不動産屋が訪ねてきたりなどもありましたし。ねぇ、カエル殿」

「せやな〜。そこへトドメのババアどもや。さすがに蒼太も持たんかったんやろう」

湊斗の両脇には、なぜかカエルと猫が揃って正座をしていた。

クマに至っては、短い両腕を胸の前に組んで、自立している。

どう見ても、神様たちを含む家の者が全員揃って、蒼太を囲んで話し合っているのだ。

(え⁉　まだ夢か？)

だが、困惑から身体を起こしかけたときだった。

「――けど、このままだと、ずっと血の繋がらない男女がって、しつこく言われるよ。学校や町内で変な噂が広がってからじゃ遅いよ。だったら、私だけでも出ていくほうが……」

「バカなことを言うな‼　それでどこへ行く気だ」

咲奈の言葉に身体中が熱くなり、蒼太は反射的に声を荒らげた。

これまで一度として、弟妹相手に怒鳴ったことなどないのに、感情を抑えることができなかった。

「蒼兄！」

「蒼太兄」

「――⁉」

驚く琉成と咲奈が声を上げ、湊斗は上体を起こした蒼太の腹部からハッと顔を上げる。

今にも寝起きの混乱で泣きそうになるが、そこをすかさずカエルと猫が抱き締め、よしよしと宥めて落ち着かせた。

クマも黙って、子ブタをあやしている。

やはり、咲奈たちの前で動いている。が、今はそれどころではない。

「何度も言わせるな。いや、逆に何万回だって言ってやる！　俺たちは間違いなく、きょうだいだ。誰がなんて言おうと、咲奈や琉成、湊斗が自立するまで俺が両親代わりで、保護者だ。家族以外の何物でもない！」

蒼太は咲奈に本心をぶつけた。

「でも……。このままだと蒼太兄に、迷惑ばかりかけることになる。私は、蒼太兄が悪く思われるのは嫌だよ。自分がどう思われるより、自分のせいで蒼太兄が疑われたり、そういうのがつらい！　でも、結局、それって私もつらいの！」

そうでなくとも追い詰められていたところへ、蒼太に怒鳴られたことが重なり、咲奈の目が徐々に赤みを増していく。

――こんなことで泣かせたくはない。

そうは思うが、今ばかりはそんなこと言っていられない。

「だからって、あの伯母さんのところへ行くって言うのか？　それこそ、俺とは一緒に住めない。身の危険を感じたんだなって、思われかねないんじゃないのか⁉」

綺麗事だけを並べるのではなく、どちらに転んでも自分が悪く思われることに変わりはない。こればかりは、そういう考えの人間がいる限り、どうにもできないことを告げる。

だが、だからこそ、こちらが何かを変える必要はないと蒼太は思う。

そもそもこれまで家族として過ごしてきて、今後は更なる結束のもとに互いを支え合っていかなければならないときに、どうでもいい他人の意見や策略に振り回されること自体が、意味のないことだ。

ただ、そんなことは咲奈にも十分わかっているだろう。

それでもこんなことを言いだすのだから――。そう考えると、蒼太は心底から吉本夫妻が許せなくなる。

「寮付きの学校に志望校を変える。偏差値は少し上がるけど、頑張って必ず受かる！　お金は奨学金を借りて私が払うし、そうしたら、蒼太兄とどうこうなんて思われないでしょう」

今にもこぼれ落ちそうな涙を堪えて、咲奈が言う。

「咲奈」

「琉成は何も言わないで！　男のあんたには、絶対にわからないっ‼」

「――っ」

咲奈なりに考えて答えを出したのだろう。

そしてそれは、琉成に発した言葉の通りで、異性である蒼太が咲奈に気持ちを寄せ、想像することはできても、理解ができるものではない。理解できると思うことは傲慢《ごうまん》だ。

だが、そう言うなら、自分以外の誰かを完全に知り、理解することなど不可能だ。

こんなことは、性別や年齢、他の何ものにも関係がない。

神様でさえ、わからない部分は絶対にあるだろう。

少なくとも蒼太はそう思っている。

「わかった。咲奈はそれが、今の我が家にとって、最善策だと思うんだな」

蒼太は、いったん咲奈の考えを受け入れた。

こくりと力強く頷いた咲奈は、彼女なりに受験校の変更や奨学金という借金を背負う覚悟まで決めて、この家を守ろうとしている。

決して、頭ごなしに否定はできない。

「蒼兄！」

「俺は咲奈に聞いてるんだ」

「……はい」

琉成にも思うところは多々あるだろう。

だが、今だけは黙らせて、蒼太は改めて自分の気持ちをぶつけることにした。

「なら、仮に、咲奈が無事に受験を突破し、家から出たとする。残された俺たちはどうするんだ？　特に湊斗だ。俺と琉成だけで育てろっていうのか？　いや、そうなったら、確実に八割、九割俺が請け負うことになるよな？」

瞬間、咲奈が「あ」と、声を漏らした。

琉成のことはともかく、湊斗のことにまで頭が回っていなかったのだろう。

湊斗もハッとし、ジッと咲奈の顔を見上げた。

「自分は姉に見捨てられるのか?」と、危機感を持った表情だ。

これには咲奈の感情も、波打つのがわかる。

戦力一割二割と言われた琉成は不服そうだが、現実を考えると否定もできないのか、無言で唇を尖らせた。

「もちろん。世の中には、一人で働きながら子供を育てている親はたくさんいる。それを考えたら、最初から弟妹の手をあてにしていた俺は、甘いんだろう。そもそも駄目な長男ってことだ。けど、俺はそれほど、立派で強い大人じゃない」

なおも蒼太は、話し続けた。

「二人の協力なしに、湊斗を育てていく自信なんかない。何より、どうでもいい世間の噂話に晒されることより、俺が兄ちゃんだったせいで、咲奈が離れていくんだってことのほうが……何十倍も……つらい」

自分でも、情けなさから目頭が熱くなってくる。

「けど、俺が姉ちゃんだったら、こんなことにはならなかったのかって言えば……、そうじゃないだろう。今度は琉成と絡めて疑ってくるだけだし、仮に全員同性であっても、吉本夫妻はなんかしらこじつけて……、俺たちの関係を壊そうとしてくる。そもそも言いがかりなんだから。俺たちがバラバラになったらあいつらを喜ばせるだけなんだよ」

堪えようもなく、涙がこぼれ始めた。

だが、今を逃したら話し合おうと思っていた、家族としての確認。ほんの数日先延ばしにしただけで、小さな亀裂がここまで大きくなってしまったのだ。

蒼太からしたら、次はないに等しいほどの危機感がある。

「だから……俺たちは、お互いを信じて。そして咲奈が言う、自分たちを信じてくれる人たちを……信じて、何食わぬ顔で……やり過ごすしかない。俺は、そう思う」

「お、俺も！　俺もそう思う‼　本当、ただの言いがかりに、俺たちが離れ離れになる必要なんかないよ！　咲奈だって、こんなことがなければ、家から離れる気なんてサラサラなかっただろう！　高校も大学も家から通えるところがいいなって、言ってただろう！」

すると、琉成が蒼太の言葉に賛同してきた。

標的にされた当事者じゃないにしても、だからこその動揺や腹立ち、嫌悪は彼なりにある。咲奈には言い返さなかったが、立場を変えて考えれば、想像はできることだ。

そもそも個々の感じ方など、比べられるものでも、比べていいものでもない。

「ごめん……なさい」

咲奈もそれに気付いたのか、今一度頷きながら謝罪の言葉を口にした。

これを聞いた琉成も「うん」と頷き、ホッとして胸を撫で下ろす。

だが、安堵したはずなのに、蒼太の涙は止まらない。

それどころか、かえって溢れ出してくる。

「わかってくれたらいいよ。というか、俺こそごめん。こんな、情けなくて。本当に——ごめんな」

みっともないと思ったが、どうすることもできなかった。

積もりに積もった感情が爆発した。

蒼太には、袖口《そでぐち》で頬を擦ることしかできない。

「そんなことないよ！　蒼太兄が泣いてくれて、私すごくホッとした。私が原因を作ったのに、それはわかっているのに——。でも、よかったって思ってる」

しかし、そんな蒼太の腕を咲奈が掴んだ。

吉本夫妻が来てからというものの、一度も自分からは触れてこなかった。手さえ伸ばさなかったのに、だ。

「咲奈？」

「だって、蒼太兄。仮通夜のときから今まで、一度も泣いてなかったんだよ。たったの一度もだよ！　今が初めてだよ」

咲奈は、そう言うと今一度しゃくり始めた。

だが、蒼太にはピンとこない話だった。

「……そう、だっけ？」

どこか間の抜けた声になる。

すると、一瞬にして咲奈の目つきが怒りまじりのものに変わった。

「そうだよ！　これがどれだけおかしいことか、いかに全部一人で背負ってきたのか、わかるでしょう‼　もしも私が一度も泣いてなかったら、どう思うの？」

今度は咲奈が蒼太に向かって怒鳴る。

ビクリとなった湊斗には、カエルや猫のフォローがあるが、当の蒼太はただ驚いて身を引くばかりだ。

「……それは、確かに大変だ。一大事だ」

「でしょう！　もう、どれだけ心配したと思ってるのよ！　それなのに……、ごめんなさい……。八つ当たりして。自分が出ていくことが、解決策だなんて思って」

蒼太は、自分が妹弟たちを注意深く見ていたのと同じように、咲奈も自分を見ていたことを知る。

しかし、それなら琉成や湊斗だってそうだろうし、誰もが互いを気遣い、見守ってきた。

これを家族と言わずになんと言うのだろうと、蒼太は改めて思う。

「咲奈。気にしなくていいよ。それだって俺たちのために考えてくれたことだろう」

蒼太は自身の涙をしっかり拭うと、一度起き上がった。

近くにあったキッチンペーパーのロールを手にし、人数分を切ると一枚ずつ配った。咲奈だけでなく、琉成や湊斗にも。そして、カエルや猫、クマにもだ。

そうして残りの一枚は自分で握り締めた。

「それに、俺の場合は泣くに泣けなかったとか、泣くのを忘れるほどおかしくなってたとか、そういうことじゃないと思う」

その場に座り直すと、蒼太は自分でも記憶が飛び飛びになっている部分を思い出しながら、心情を話し始める。

「確かに父さんと母さんを急に亡くして、悲しかったし、苦しかった。それは間違いない。けど、最初に病院に駆けつけたときに、自分では覚えていないだけで、泣いていたかもしれないし。仮に涙が出ていなかったとしても、俺はちゃんと哀しんだし、咲奈たちと一緒に泣いていたよ」

ある日突然、なんでもないような日常が一変した。

事故などの不幸なニュースは毎日のように目にするが、それが自分や身内に降りかかる想像はしたことがなかった。

蒼太がこのことに気がついたのも、話をしている今だ。

車には気をつけようね——というような言葉は定期的に発しているのと思うのに。

それでも身の回りで事故に遭った者はなく、家族との死別はすべて病気が原因だったこともあり、蒼太は気持ちのどこかで事故を他人事のように感じていたのだ。

しかし、それが我が身の話になった。

「けど——。次々にいろんなことが起こって。かと思えば、みんなが助けてくれて。衝撃と感謝が常に交互に訪れて。そこにぴーが届いただろう。一気に癒やされたし、咲奈たちとも心から笑い合えた。加えて氏神様たちに声をかけられたものだから——」

蒼太は、言葉と共に視線を咲奈からカエルたちに向けた。

それに倣《なら》うように、咲奈や琉成、湊斗までもが、氏神が憑依して動いて話す縫いぐるみたちを見ると、

「だよね。全部飛ぶ。瑛さんの号泣を見てとか、そういうレベルじゃない」

「うん。私も……。蒼太兄が倒れた。どうしよう——って状況で、リビングからカエルさんたちが走ってきたときには、頭が真っ白になった。感情がリセットされたって言うか、無になった？　悲鳴も出なかったもんね」

「蒼兄が目を覚ますまでに、自己紹介もしてもらったけど。今もちょっと、実は倒れて夢見てるの俺じゃね？　って気もするしな」

「私も。あ、そりゃあ涙も引っ込むか。摩訶不思議な縫いぐるみ神様たちに、最強可愛い湊斗とぴーのコンビ。リビングだって、辛気くさくなるわけないよね。湊斗もきっと、だから今日までぐずったり、泣いたりしなかったんだね」

蒼太は、そういう経緯で、彼らが今も堂々とこの場にいるのか——と、理解した。

同時に、自分が泣くに泣けなかったのは確かだろうが、泣いている暇がなかったのは、ただ忙しかったからではない。いい意味で、傷心に浸る間がないくらい驚喜的なことも続けて起こっていたからだと納得してもらえた。

しかし、逆に言えば、両親からの突拍子もない子ブタのプレゼントや神様たちの登場がなければ、更に気持ちは追い詰められて、もっと早い段階で精神的にも肉体的にも限界を迎えて倒れていたということだ。

「——だろう。でも、そうかと思えば、今日はバイトさんに辞められて。その穴は瑛が埋めてくれることになった、助かったと思ったら、いきなり不動産屋が来て、この家の買収話を持ってきて。それが消化できないうちに、吉本夫妻の学校突撃を聞いて——。むしろ、ここで倒れた俺って正常だろう？　人間らしい限界かなって思うよ」

蒼太は、今日のトラブルを振り返っても、これで倒れなかったら、むしろおかしいだろうと結論づけた。

自分を超人だなどと思ったことはないが、それでも仮通夜の日から振り返れば、そうとう頑張った。多少は自画自賛しても許されるだろう。

「ものは言いようだけど、説得力ある」

「……うん。トドメを刺したのが私なんだろうけど」

もちろん、ここまでがむしゃらになれたのは、守りたいと思う家族――最愛の妹弟たちがいるからだ。

「それは、タイミングの問題だよ。でも、おかげでこうしてきちんと話ができて、解決できた。しかも、カエルさんたちのことって、どう説明したらいいのかな？　そもそも咲奈や琉成に認識できるのかなって心配はあったから、その悩みも一気に解決したしね」

蒼太は、「ここでこの話は終わりだな」と笑ってみせる。

「蒼太兄。これで解決って、言ってくれるんだ」

「え⁉　まだ出ていこうとしてるのか？」

「そうじゃないけど――。ごめんなさい。ううん。ありがとう」

「咲奈」

一瞬ドキリとすることを咲奈に言われるが、これは彼女なりに示した感謝だった。

すると、そこへ琉成が身を乗り出す。

「俺も！　今のうちに、ありがとう」

「琉成？」

「俺、母さんたちを見送ってから、足手まといにしかならないかもって、ずっと不安だったんだ。けど、蒼兄に家事の頭数に入ってる、湊斗は三人で育てるって言われて、めちゃくちゃホッとした。嬉しかったんだ。それなのに……。よりにもよって、あのババアが、こんな迷惑を持ち込んで。だから、咲奈が家を出るって言いたくなった気持ちはわかるし、俺も――って、ちょっとは考えた」

彼は彼で、日々いろんなことを考えていたのだろう。

本当なら、揺れ惑う感情をセーブできなくても不思議のない年頃だ。ましてや、元のやんちゃな性格を考えれば、積み重なる悲劇やトラブルで、荒れ狂っても当然なくらいだ。

「けど、そのときに、蒼太兄の〝あてにしてる〟って言葉を思い出して。また今日も同じことを言ってくれて。――俺、一割二割の戦力にしかならないんだって思い知ったけど。でも、どう考えてもその数字が現実だし。めちゃめちゃ正直に、遠慮なく言ってくれたのって、やっぱり家族だからだよなって、実感できた。だから、ありがとう」

「――琉成」

琉成から、あの言葉に救われていた、家族を実感できたと言ってもらえると、蒼太の頰に再び涙が伝った。

自分でも驚くくらい、スッと出てきてこぼれ落ちたのだ。

「多分、咲奈の受験が終わっても、俺と咲奈合わせて三割負担がいいところだよなって、今は思う。けど、俺が高校生になる頃には、合わせて四割負担できるように頑張るし。いずれは湊斗も入れて、五割六割負担をするからさ。な、湊斗！　湊斗もお手伝い覚えるんだぞ」

しかも、琉成のいいところは、ちゃんと湊斗まで頭数に入れるところだ。

幼いからといって、戦力外にはしない。

たとえ本人は理解できていなくても、この場の空気にしっかり巻き込むところがいい。

そして、そういいところは、ちゃんと湊斗にも育まれていて——。

「はいっ！　湊たん、がんばりゅ！　かえるたん、猫たま、クマたん、ぴーたんもよ」

「お、おう！」

「承知しました」

「ほっほっほっ。まだまだわしも、頑張るじゃよ」

「ぷぴっ！」

湊斗の声かけにカエルたちが賛同するも、蒼太は「これだから緊張感が……」と笑ってしまった。

「ありがとう。みんなに——そう言ってもらえて心強いよ」

「蒼たん。めんめ、ふきふき」

「うん」

涙は笑いを無視して、いっそう流れてくるのに、蒼太はしばらく肩を震わせてしまう。

しかし、こんな瞬間が、蒼太にとってはとても幸せだった。

（父さん。母さん。俺に家族を残してくれてありがとう。こんなに可愛い弟妹たちを——。

俺、絶対に守るから！　それに家も店も何一つ、おかしな奴らに渡したりしないから！）

両親への感謝と共に、どんな困難にも立ち向かおうと改めて決心する。

「とりあえず、家内の結束は万全ですね」

「みな、ええ子たちじゃのぉ」

「せやな〜」

この場はひとまず収まった。

蒼太は壁にかかった時計を見ながら、（そう言えば、夕飯の支度！）と思い立つ。

しかし、咲奈が幾度か濡れた頬を拭っていたキッチンペーパーを、拳が白くなるほど力強く握り締めたのはこのときで――。

「じゃあ、ここからは反撃に――いや、復讐に出よう。何か考えよう」

「咲奈？」

「だって、こっちは家どころか学校にまで乗り込まれて、恥ずかしい思いをさせられたんだよ。その上、受験勉強も邪魔されて――。それ相応にやり返して、向こうから絶縁したくなるくらいの打撃を与えなかったら、腹の虫が収まらないよ。それに、今やらなかったら、今後もずっと気にかけていなきゃいけない。それって地獄でしょう」

驚く蒼太を横目に、淡々と反撃への決意を語る咲奈が、フッと口角を上げる。

そして、これに煽《あお》られた琉成までもが、両手に握り拳を作る。

「――うん。そうだよな。何かしらものすっごいダメージを与えてやらなかったら、一生モヤりそうだもんな！」

「琉成！」

当然、蒼太はこれ以上二人を吉本夫妻には関わらせたくない。

たとえ復讐であっても、近寄らせたくないのが本心だ。

「あ、蒼太兄！　こっちは神様たちと相談するから、ご飯作って！　私、もうお腹がペコペコ！　塩味の唐揚げが食べたい！」

「俺も俺も！」

「湊たんも！」

「――え⁉」

だが、そんな心情を見抜かれていたのだろう。蒼太は咲奈たちに強請られるまま、ご飯作りに追いやられた。

そして咲奈と琉成は、有無も言わさずに湊斗とカエルたちをひっ捕まえて小脇に抱えると、リビングへ移動。キッチンの蒼太からは死角になる仏壇前で、反撃だか復讐だかの相談を始めた。

（あ、あいつら……。神様たちと相談って、いったい何をする気だ⁉　いや、何をさせる気なんだ？　っていうのが、正しいのか⁉）

蒼太はドキドキしながら、それでもご飯の準備をした。

そして、気もそぞろだったためか、

「蒼太兄。今日の唐揚げ、味が濃いよ」

「うん。塩の入れすぎだと思う」

「ちょっぱっ」

得意の唐揚げで味つけを失敗し、今日一番のダメージを食らうのだった。

9

咲奈と琉成がカエルたちに、何をどう相談したのかはわからない。

だが、「これを実行します」と、意気揚々と提出された用紙には——。

第一弾！　都内在住の野鳥たちによる自宅への豪雪《ごうせつ》ならぬ豪糞《ごうふん》攻撃で、地味にメンタルを削る。

第二弾！　神様による囁き攻撃。今こそ嫁・姑小姑問題で苦労した母の積年の恨みを思い知れとばかりに、深夜に囁き続けて、三日くらいは寝かせない。ちなみに恨み節は咲奈が原稿を用意。

第三弾！　正攻法でトドメを刺す。まずは名誉毀損《きそん》で訴える構えがあることをチラつかせたところで、財産目当ての根幹をへし折る。両親の遺産のほとんどが蒼太と湊斗にいくため、そもそも咲奈や琉成には取り分があまりない。仮にあったとしても、保護者（蒼太）か、もしくは代理人弁護士預かりになることを、瑛の言う私設弁護団に懇々と説明してもらう。なんなら「かごめかごめ」のように吉本夫妻を弁護団に囲んでもらって、圧をかける。今後の接近禁止の同意書にハンコをもらう。

(――え? 何これ。俺だったら都内在住の野鳥が自宅に集まってきた時点で、全力で逃げるぞ。糞なんか落とされなくても十分怖いって! それも豪糞攻撃って⁉ さすがにご近所に迷惑がかかったら大変だろう⁉ 山中の一軒家に住んでいるならともかく!)

地味なのか派手なのかよくわからない仕返しだったが、蒼太は第一弾を想像しただけで、背筋が凍りついた。

神様ありきな作戦な上に、鳥内会が使えるのね‼ と知ったからだろうが、それにしても、エグい。メンタルの削り方が的確すぎる。

(あとでクマさんに〝ほどほど〟にって言っておこう。せめて、都内在住じゃなくて、区内在住くらいの数でお願いしますって)

しかも、第二弾の母の積年の恨みで寝かせない――に関しても、原稿を咲奈が用意すると言っているところで、復讐心に燃えているのがよく表れている。

もしかしたら母親が嫁いじめをされていたのを覚えているのかもしれないが、これに自身の恨みも乗っけるだろうと想像がつく。

よくも子供たちにこんなことをしてくれたわね――という内容なら、野鳥たちの攻撃まで、まさか穂乃花の呪い⁉ と勘違いさせられるかもしれない。咲奈の恨み節を加えて二晩分くらいにはなりそうだ。

（――にしても、なんかこれ。全部咲奈の発案な気がするのは、考えすぎかな？　いや、かごめかごめって発想は、琉成か？　うん。多分そうだな）

こうなると、トドメと言いつつ、第三弾が一番まともで精神的にもゆるそうに思えた。

だが、瑛の知人が何人集められるのかは知らないが、複数人の弁護士から「かごめかごめ」をされたら、これはこれでえげつない。

そもそも、そこへいくまでにメンタルをゴリゴリに削った上に、寝かせないのだ。

実際は名誉毀損による損害が証明されなければ裁判にできないのかもしれないが、本物の弁護士に悪事を知られた上に、それをくり返しチラつかせられたら、普通の人ならおののくだろう。

（――この、寝かせないって、実は拷問だよな）

蒼太は背筋を寒くしながら、浮かぶ苦笑を用紙で隠した。

「そう。そうしたら、この第三弾のことは、俺から瑛に頼んでおくよ。今日からバイトに入ってくれることになってるし」

「はーい！　よろしく。それじゃあ、今年ラスト一日、いってきま～す」

「俺もいってきまーす」

「いってらった～い」

「いってらっしゃい」

笑顔で見送りこそしたが、今後は咲奈だけは怒らせないよう、恨まれないようにしようと心に誓うのだった。


「きゃゃゃゃっ！　何これっ！」

「うわっ！　鳥が、庭が、車が――‼」

ただ、鴉によって自宅を特定された吉本夫妻が、その界隈の野鳥たちから、代わる代わる豪糞攻撃を食らい始めた一方で、店と自宅には新たな問題が勃発《ぼっぱつ》した。

「カァ――ッ」

湊斗を保育園へ送ったあと、二階で仕込みをしていた蒼太の耳に、バイクのエンジン音と同時に、大鴉の鳴き声が聞こえた。

「⁉」

蒼太だけでなく、子ブタやカエルたちも一斉に顔を見合わせるが、すぐに下――店の前からものすごい音が響く。

「うわっ――っ‼　何しやがんだ、テメェら！」

「ど、どうしました江本さん！　――えっ⁉」

慌てて蒼太が一階へ駆け下り、店へ向かうと、自動扉が真っ赤になっていた。

表へ回り込むと、クリスマスツリーを飾った店の前に大量の生ゴミが投げ込まれ、また一斗缶ごと真っ赤な塗料がぶちまけられていたのだ。

自動扉のガラスに破損はなかったが、ツリーから何から真っ赤だ。

そこへ大袋四個分はありそうな生ゴミとなったら、豪糞攻撃といい勝負だ。

決して「比ではない」と言えないところが、蒼太的には胸が痛いが——。

「これ？　いったい誰が」

「わかりません。複数台のバイクの音が近づいてきたと思ったら、次々と投げつけられて、トドメがペンキだったので」

「あ、蒼太。今、通報した。表の監視カメラに撮られているとは思うが——。それにしたって、なんでこんな酷いことを——。あ、神処さんにも報告を」

「ありがとう。そしたら電話してくる」

蒼太はすぐにバックヤードへ入り、事務所へ電話をした。

「もしもし、ハッピーライフ桜田公園前店の社です。神処さんをお願いします。——あ、出てるんですか。では、言伝をお願いします」

しかし、神処は生憎店舗回りに出ていて不在だった。

ひとまずは事務員に現状を報告し、これから警察が来ることなども伝えて、神処に連絡がついたら折り返してもらえるように頼んで電話を切る。

そうこうしているうちに、今度はパトカーのサイレンの音だ。

店の周りに野次馬も目立ち始めたところへ、警察官が駆けつける。

現状報告と共に事情聴取、被害届もさることながら、店の汚れもどうにかしなければならない。

ゴミだけなら袋に詰めて捨てて掃除すればいいが、真っ赤なペンキは一刻も早く落とさないと、気分が悪い。

歩行者も不快だろうし、何より店を開けられない。

蒼太は、思わず「昨日に続いて今日までなんなんだ？」と、大声で誰かに聞きたくなる。

（豪糞攻撃なんて仕返しにOKを出したから、しっぺ返しがきたのか？　やりすぎだって、吉本家の近所に住んでいる神様からの警告か？　――いや、待てよ。警告⁉　まさか、これって昨日の不動産屋たちの仕業？）

しかも、考えすぎて現実離れしたかと思えば、一周回って現実に戻る。

蒼太の脳裏に、昨日訪れた不動産屋の営業マンとフレンドマートのフランチャイズオーナーの嫌な笑みが浮かぶ。目的は違っても、ここから離れるように仕向けてくるのは、吉本夫妻と同じだ。

だが、仮にそうだとしたら、今回の実行犯を捕まえたところで、そこから大本の彼らに辿り着くのは難しい気がした。

本当に地上げを狙う彼らの仕業なら、吉本夫妻よりも巧妙だろう。プロを使っているかもしれない。実行犯など、使い捨てのコマという可能性が高い。

(——うわっ。本当にそうならそうとうヤバい相手だぞ。次は、店内にダークスーツとか派手な柄シャツのオラオラ集団を送り込まれるかもしれない)

昭和の映画やドラマではないのだから——と思いたい。

だが、蒼太にとって、地上げ屋と神様を比べたら、地上げ屋のほうが間違いなく現実的だ。ノンフィクションとファンタジーを比べるようなものだ。

ただ、蒼太が今にも頭を抱えて、膝を折りそうになったときだった。

「蒼太くん！　ラッキーですよ。このペンキ、水性っぽいです。ざっくり拭き取ったら、あとはホースで水をかけて、流しちゃいましょう。扉が閉じていたから店内に被害はないですし。これなら、思ったよりは早く片付けられます」

ビックリするくらい明るい声で、江本が声をかけてきた。

「本当ですか、江本さん！　ありがとうございます！」

(助かった——‼)

今日のバイトが江本と瑛だったことは、不幸中の幸いだ。

かたや、勝ち気でポジティブで一斗缶を投げてくる暴走バイク相手に怒鳴れるような肝っ玉の持ち主に、こなた、警察対応を淡々とこなしてくれる冷静沈着なインテリジェント。

二人とも、蒼太へのフォローもやるべきことの指示も完璧すぎて、頭が上がらない。

これが他のバイトやパートだったら、蒼太と一緒にビビッて、あわあわしていただろう。

しかも、警察が引き上げた頃には、神処が駆けつけてくれた。

ただ、蒼太が昨日からのことまで合わせて説明すると、最悪な予想が当たることになった。

「――中央不動産にフレンドマートのフランチャイズオーナー？　待って。そのオーナーは、そもそも中央不動産の会長だよ。引き継いだ社長に、昔ながらの地上げをさせていて、建て替えたビルの中に、自分のコンビニを増やしているんだ。不動産建築から引退後に、個人で始めたのがコンビニオーナーという、店取り合戦のリアルゲームのようなもので。我々コンビニ業界内でも、迷惑千万で有名な話だよ」

「そうだったんですか！」

それも、我が社でも有名だと聞かされてもビビるのに、神処は業界内と言ってきた。

大手を含めたコンビニエンスストアのフランチャイズオーナーとその店が狙われ、彼の犠牲になってきたらしい。

「ああ。特にここ数年は、やってくれてるね。流行病の最中も業績の落ちた店舗を買い叩いたり、蒼太くんみたいに相続で代替わりをする場所を狙ってみたり。新規で場所を探すのではなく、すでに実績のあるところを狙い撃ちしてくるところが狡賢《ずるがしこ》くて、全同業経営者から嫌われてるよ。むしろ、それが快感になってるんじゃないかってくらい。まったく腹立たしいジジイだ」

「……なんか、もう。一気に悪党レベルが上がったたってことですね」

蒼太は、聞けば聞くほど目眩がしそうだった。

しかも、狡くて賢いとは言い得て妙だ。

確かにコンビニエンスストアのような店は、どこの系列であっても、その土地の生活の中にいったん浸透してしまえば、ある程度顧客数が計れるし見込める。

実績のある店を買収すれば、一番苦労する最初の集客に手間がかからない上に、基礎データも取りやすい。

しかも、フランチャイズのコンビニエンスストアのオーナーは、自分名義の土地や家屋で展開している場合が多い分、乗っ取るとなったら丸ごと買い叩かれることも多そうだ。

特にこの家のように昔からある都心の駅近民家などは、手放す機会も限られる。逆に相続税問題がある場合は格好の獲物だ。

(――なんてことだ)

やはり次はオラオラ集団を送り込まれるかもしれないという、危機感が高まる。

「とにかく、すでに会長自身がここまで来ていることも含めて、本部に報告し、相談してくるよ。ただ、私設弁護団の話は聞いてるし、嫌な言い方になるけど、いざとなったらあの事故のあとだ。世論だって君の味方をしてくれる。だから、蒼太くんはご家族のことを最優先にして、人に任せられるところは任せて。ね！」

「はい。よろしくお願いします」

瑛から話を聞いても、咲奈や琉成から「かごめかごめ」を聞いても、どこか冗談の域を脱していなかった弁護団が、どんどん真に迫ってくる。

それより何より、神処が嫌な言い方だと前置きして世論の話まで持ち出すのだから、蒼太自身もどこまで危機感を高めていけばいいのかさえわからなくなる。

「うわわわっんっ！　くりしゅましゅっ！　とーたんとかーたんのっ。あーんっっっ‼」

(え⁉　湊斗！)

そこへ今度は、湊斗の号泣が耳に飛び込んでくる。

蒼太は慌ててバックヤードから自宅玄関を回って、声のした店の前へ飛び出した。

「湊斗！　咲奈、琉成」

店の前では、学校帰りに湊斗を迎えにいってくれた咲奈と琉成が茫然としていた。

「——ひでぇ」

「蒼太兄。これ、何？」

「蒼たんっ！」

何と聞かれても、見たままだ。

そこへ湊斗が、顔をぐしゃぐしゃにして泣きついてきた。

(——っ‼)

あまりのことに頭が回らなかったが、店頭のクリスマスツリーを、そして屋上の祠に装飾をしたのは両親の旅行前だ。

湊斗がサンタさんからのプレゼント目当てとはいえ、「おてちゅだい!」と張りきって、両親と飾りつけをしていた。

「大丈夫だよ、湊斗くん。ここは俺が、ピッカピカにしてあげるから!」

「俺もいるしね!」

「えもたん、瑛たん。本当?」

「「任せとけ‼」」

おそらく片付け始めた江本や瑛も、飾りつけていた日のことを思い出したのだろう。

江本は手伝っていたし、瑛はちょうどメンチカツを買いにきていた。

湊斗に向かって胸を叩いた二人の目は真っ赤だ。

(——っ)

蒼太の中に起こっていた危機感が、それさえ吹き飛ばすほどの怒りへと変わる。

「——咲奈、琉成。とにかく、説明するから上で。あ、湊斗。さっきぴーが、遊んほしそうにしてたよ。行こう」

それでもこの場は感情を抑えて、湊斗に両腕を差し向けた。

「ひっくっ……。うんっ」

精いっぱい両手を伸ばして抱きついてきた湊斗を、しっかりと抱き上げる。

（ごめんな、湊斗。こんなに頑張ってくれてるお前の大切な思い出を、守りきれなくて）

小さな身体を抱き締めると、激怒も切なさに変わり、ギュッと胸が締めつけられる。

「ごめんなさい。江本さん。瑛。ちょっと上に行ってくる。すぐに戻ってくるから」

「こっちは大丈夫ですから、ごゆっくり！」

「湊斗が落ち着いてからでいいからな」

「ありがとう」

蒼太は、ここでも江本と瑛に感謝して、弟妹と共に自宅玄関へ回った。

ざっくりと経緯を説明しながら二階へ上がる。

「おう。みんな帰ったな！　ちょっと来てもらってもええか」

「――カエルさん？」

だが、階段を上りきった廊下には、子ブタを抱えたカエルが立っていた。

そして、蒼太たちを誘導するように、屋上へと向かっていったのだった。

＊＊＊

いつもと雰囲気の違うカエルのあとについて屋上へ出ると、そこには猫とクマと鴉がいた。鴉は普通のサイズなので、蒼太は見た瞬間に、普段からここへ供物を食べにきている鳥だと理解する。

「……ど、どうしたんですか、みなさん。それに、鴉さんまで。見た目はまったく変わらないのに、なんか、背後に暗黒の世界が広がって見えますよ。お、俺の目が悪くなったのかな？」

蒼太が見たまま、感じたままを訊ねる。

「――いや、さすがに許せん思うてなぁ。湊斗まで、こないに泣かせよって」

「カエルたんっ」

腕組みをするカエルに、蒼太の手を離れた湊斗が抱きつく。

とぼけた顔の作りとは、まったく異なる怒気が漲っている。

「ええ。いくら知らぬとはいえ、当家は我らの拠り所。氏神の社ですからね」

「猫様」

そしてそれは猫も同じで、いつにも増してシャキンとした表情と物言いをする猫に、咲奈がキュンときたのか、両手を胸の前に組む。

「あのような形で穢《けが》しおって、罰当たりな」

「クマさん！　なんかカッコいいよ、クマさん！」

クマなど一番小柄なのに仁王立ちしていた。琉成が両手に拳を作って目を輝かせる。

「カァ――ッ！」

そして最後に鴉が鳴くと、蒼太たちの前でくるりと向きを変えた。

すると、死角で見えていなかった翼が真っ赤になっている。

「あっ、ペンキ！　もしかして、あのときの声は……。側にいたか、止めようとしてくれたか。なんにしても、被害を受けてたんですね！　ごめんなさい。待っててください、すぐに拭き取りますから！」

鴉の「これでは飛べない」と言わんばかりの姿に、蒼太は大慌てでサンルームの中へ走った。

そして、水道で布巾を濡らしてくると、

「鴉さん。とりあえず、水道へ。多分、一度では拭き取れないと思うので」

「カァ」

布巾と鴉の翼を見比べてから、改めて中へ入ってもらった。

「これ、水性だって言っていたので――。あ、落ちる！　よかった‼」

「カァ〜」

そうして濡れ布巾で翼を拭っては洗い、拭っては洗いを繰り返して、蒼太は鴉の翼を綺麗にした。

両の翼が広がるようになり、鴉も嬉しそうだ。

だが、ホッとしてサンルームから出ると、そこには昨夜のようにカエルたちと円陣を組む咲奈と琉成がいた。すっかり泣きやんだ湊斗まで、ぷんすかしながら交じっている。

（まさか、今度はペンキの犯人たちに豪糞攻撃か⁉）

蒼太は一瞬ドキリとしてしまう。

しかし、蒼太の側には目つきを悪くした鴉がおり、「次は妥協なしにやってやるぜ」と言いだしても不思議のない状態だ。

場合によっては、すでに仲間の追跡班が根城を突き止めている可能性もあり、蒼太は思わず「あ……。詰んだな」と呟いた。

警察が防犯カメラから犯人たちを特定するには時間がかかる。逮捕状が出るまでにも時間が必要だ。それに比べ、野鳥たちの報復は即行だ。

しかも、店だけでなく、鴉自身も被害に遭っているので、彼らがどんな報復に出たところで、蒼太が何か言える立場ではない。

せいぜいお願いできても「周り近所は、巻き込まないでもらえたら」くらいだ。

なんせ、ゴミやペンキをぶちまけられたのは最低最悪だが、それでも相手は人間だ。犯行理由や動機に見当がつくだけ、まだ理解の範囲内だ。

しかし、都内在住の野鳥軍団に根城を取り囲まれて豪冀されるとなったら、ただの怪奇だろう。それに関係ない人を巻き込むのは、さすがにどうかと思う。蒼太は鴉に「せめて、犯人宅をピンポイントで!」と嘆願し、納得してもらおうとする。

「――で、クマさん。犯人にはどんな罰を与えてくれるの?」

「待って、琉成。そこは間違いなく、野鳥さんたちが報復してくれるから大丈夫だよ。そっちは任せよう。けど、問題は実行犯が黒幕ではない場合だよ。もし、家を狙う不動産屋だかフランチャイズオーナーの仕業なら、ここをどうにかしないと。今後も安心して暮らせない」

蒼太が鴉を説得している間にも、円陣では咲奈を中心に話が進む。

「うむ。そこは今、あやつに裏を取ってもらったところじゃ」

「カァ――ッ」

クマが空を見上げたところで、新たな鴉が飛んできた。

近づくにつれて大きくなる。サンルームの上に舞い降りたのは、

(あ! 鳥内会長だ)

蒼太は、いっそう胸の鼓動が高鳴った。

ドキドキしているのか、わくわくしているのか、ハラハラしているのかわからない。

だが、大鴉がクマと目を合わせると同時に、蒼太の脳裏には、走り去るバイク数台の映像が浮かんだ。

湾岸沿いの倉庫街か何かだろうか？

昨日訪ねてきた不動産屋の営業マンと落ち合い、現金をもらっていた。

（黒幕確定か！）

その後は二手に分かれて、バイク数台は他の鴉が、そして営業マンは大鴉が追ったようで、営業マンは中央不動産の本社へ戻っていった。

そこにはフレンドマーケットのフランチャイズオーナー、もとい、中央不動産の会長もいる。

「ほうほう。わかりやすく繋がってくれて、よかったのぉ。これで、別に真犯人がいるなどとなったら、ややこしくなるところじゃった」

映像の終わりと共にそう発したクマが、ニヤリと笑ったように見える。

しかし、それはクマだけでなく、猫やカエル、鴉たちも同様だ。

「それは確かに」

「そしたら、実行犯も黒幕もわかったのね！」

「天罰天罰！　何してくれるの、クマさん」

「めっ！　ちてね」

それでも気持ちのどこかで戸惑いが隠せずにいる蒼太に対して、弟妹たちは復讐する気満々だ。罰を当ててもらう——自分が手を下すわけではないからか、どうにも怖いもの知らずになっているようで、そのことが気になり始める。それにこんなに神様に願い事をしてしまっていいものだろうか。

「蒼太」

だが、そんな蒼太の心情を察したのか、カエルがポンポンと腕を叩いてきた。

「わいらがこうして生き生きできるんは、存在を否定しない。それどころか信じてくれる蒼太らがおるからや。最初にそう言うたやろう。だからといって社家のためにならんことはせえへん。大丈夫や」

「……」

ようは妹弟たちが道を外れるような願い事は叶えたりしないから安心しろということなのだろう。それに、無理をして願い事を叶えているわけではない。神頼みがどうこうよりも、それさえなければカエルたちは存在ができない。むしろ咲奈や琉成、湊斗の純粋な期待や高揚が、彼らにとってはかけがえのないエネルギーになる。だから願い事を叶えてやりたいということなのだろう。

「そうじゃのお〜。敵はなかなか財も罪も持っているようじゃし……。お！　そうじゃ。

この際、奴を送り込むのが一番ええかのぉ～」

するとクマがポンと両手を合わせた。

（え⁉　更に誰かを召喚するの？）

この上まだ誰か増えるのか？　と思うと、蒼太はビクビクしてくる。純粋にわくわく顔をしている弟妹たちが、今ほど羨ましいことはない。

「あ！　確かに適任ですね」

「せやけど、クマさん。あいつ今、どこにおんねん」

「わしがいた神社に居候させとる」

「神社に居候ですか⁉」

「そうでもせんと、不景気に拍車がかかって、困るんじゃないかと思うてのぉ～っ」

「――ああ。確かに」

三柱は大いに盛り上がっている。彼らがこの家を「我らが社」と認識している限り、報復する権利は彼らにもある。もはや弟妹たちの復讐の願い事とは別の次元に移ったとも言えた。そこに口を出す権利は蒼太にはないが、何か聞き捨てならないことを言っている気がして、恐る恐る聞いてみた。

「あの、どこのどなたの話をしているんですか？」

「それはあとのお楽しみじゃな。あ、そうじゃ蒼太。そなたが小さい頃に遊んどったミニカーは、今もあるかのぉ？」

クマの言う「お楽しみ」が蒼太にとってはヒヤヒヤするものなのだが、こうなったら任せるしかない。

（ミニカー、あ‼）

思い出すことがあった。

幼い頃に一緒に遊んだお気に入りのおもちゃたち。クマ、ウサギ、ロボット。

そして、何か忘れている気がしていたもう一つ、それがミニカーだ。

しかし、それならここで新たに参戦してくれるのは、この家に関係していた神様なのだろう。蒼太は、それがわかっただけでも、なんだか安堵できた。

魔物の類いを召喚されるわけでもないなら、そこまで怯えなくても大丈夫だろうと考えたからだ。

「――はい。確か、机の上に置きっぱなしです」

「さようか。なら、それをわしへ預けてくれんかのぉ。あれがあるほうが、きっと奴も張りきってくれるからのぉ」

「はい。わかりました」

それから蒼太は、自室のデスクに置いたままにしていたミニカーをクマへ渡して、店の掃除に戻った。

これには咲奈や琉成、湊斗も手伝いに参加し、きょうだい力を合わせる姿が近所の者たちを和ませる反面、犯人たちへの怒りをも覚えさせていった。

短時間での原状回復は難しいかと思われたが、ご近所さんたちから洗浄剤の差し入れや洗浄機の貸し出しなどの協力を得られたおかげで、午後には営業を再開することができた。

「なんか、一足早い大掃除になったね」

「禍転じてって、やつかもな」

「くりしゅましゅ！　きれー‼　やった〜っ」

どのみち、やる予定だったことが前倒しになっただけと捉える分には、心情的にも救われる。

しかも、クリスマスツリーにいたっては、飾りは取って捨てるしかなかったが、ツリー本体は洗浄できた。そこへご近所さんたちが、自宅の飾りを少しずつ持ち寄ってくれたので、むしろ豪華に生まれ変わったほどだ。

これには湊斗も大喜びで、蒼太は店のことは江本と瑛に任せて、早速お礼用に――と、二階のキッチンでメンチコロッケを作り始める。

まずはジャガイモを洗って茹でるところからだ。

「そうだ、蒼太兄。それって、私も手伝ったらまずいの？　レシピはもちろん、口外しないけど」

「俺も俺も！　手伝えるなら手伝うよ」

するとダイニングでおやつを食べていた咲奈と琉成が手を挙げた。

「ありがとう。そうしたら、お礼用だし、みんなで作ろう。実は、商品化を考えて少し手間を省けるようにしたんだ」

「「本当！」」

思いがけないところで「商品化」と聞き、揃って声を上げる。

「ああ。さ、しっかり手を洗って。咲奈は髪を縛ってくれたら嬉しいかな」

「湊斗はカエルさんたちとぴーを見てて」

「はーい」

蒼太はすかさず指示を出すと、材料を出す。

合い挽き肉、玉葱、乾燥マッシュポテト、バター、牛乳、生クリーム、コンソメ、塩と粗挽きこしょうなどだ。

「二人には玉葱のみじん切りと、あとは成形を頼んでいいかな。みじん切りはフードミキサーがあるから、使って」

「「了解」」

二人にはダイニングテーブルで玉葱のみじん切りを作ってもらう。

その間に蒼太は茹でたジャガイモを粗めに潰して、乾燥マッシュポテト、バター、牛乳、生クリームで滑らかに仕上げつつ、嵩増しをしながら少量のコンソメで味を調える。

ジャガイモと乾燥マッシュポテトを一対二で使うことを考えたのは、滑らかさを出す以上に、少しでも手間――人件費――を減らすためだ。

原価的にはジャガイモだけでマッシュと粗め潰しを作るほうが安上がりだが、手間の他に大量のジャガイモの置き場のことまで含めると、乾燥マッシュポテトを使用するほうがメリットがあると気付いたのだ。

「蒼太兄。できたよ！」

「大量！　涙が～っ」

「ありがとう」

そうして、玉葱のみじん切りが出来上がると、まずは飴色《あめいろ》になるまで炒《いた》めて、そこへ同量の合い挽き肉を合わせて、塩と粗挽きこしょうで味を調える。

このとき、塩は控えめにして、粗挽きこしょうでパンチを利かすのは、ポテトにもコンソメで味をつけていることと、塩分を控えめにすることで、素材の味を楽しんでもらうためだ。

これを先ほどのポテトベースと半々の割合で合わせて、よく交ぜる。

あとは、一個百グラムで成形をして、小麦粉、玉子、粗めのパン粉で衣をつけて、油でカリッと揚げるだけだ。

「あっち！　けど、揚げたてはやっぱり最高だ！」

「うん。蒼太兄のメンチコロッケが一番美味しい！」

「おいちーっ」

できたてを頬張る弟妹たちの笑顔が、一仕事終えた蒼太には何よりのご褒美だ。

「そうしたら、これをパックに詰めて、お礼にいこう」

「「了解！」」

「湊たんも！」

「うん。みんなで行こう」

そうして、出来上がったメンチコロッケをパックに詰めて、きょうだい揃って、助けてくれたご近所へとお礼に回った。

江本や瑛にも持ち帰ってもらえるように取り分けてある。

「――じゃあ、ここからはクリスマス商戦用を作るから」

帰宅後は、また一からメンチカツと二種の唐揚げ作りだ。

だが、玉葱のみじん切りだけは、二人に余分に作ってもらっているので、これだけでも楽だ。

「うん。夕飯の支度は私たちに任せて」

「湊斗の風呂は俺が入れるから」

「ぴーたんは湊たんね！」

「助かるよ。じゃあ、よろしく！」

蒼太は、家のことは弟妹たちに任せると、玉葱のみじん切りだけを持って、一階のバックヤードキッチンにしばらく籠もった。

そして、クリスマスイブとクリスマスの両日は、オリジナルデリカが冷凍される間もなく、揚げれば完売となって、

（よしっ‼）

蒼太は自身の夢に一歩踏み出したような気持ちになった。


最終的に、クリスマス商戦や、その後の正月商戦――新商品発売――に気持ちも時間も持っていかれていたからか、蒼太が吉本夫妻や不動産会社の会長のことを思い出したのは、新年を迎えてからのことだった。

店のバックヤードには、瑛と神処が揃って吉報を持ってきてくれている。

「――え⁉ 本当にかごめかごめをやったんだ！」

「まあ、ああいう固い商売の人たちとか、それを目指してる人たちって鬱憤《うっぷん》が溜まるだろう。多分、はっちゃけたくなったんだと思う。あとは、無料で受けて、やりたい人が集まったイベントみたいなものだったから、祭り状態になったって感じかな」

瑛は、吉本夫妻から取りつけた、今後いっさい接触しないという念書と、心ばかりだが支払ってもらった迷惑料を差し出してくれた。

「けど、実際に弁護団は書類を作ってサインをもらうだけだった。なんか、連日自宅に入れ替わり立ち替わり野鳥が糞をしにきて、その上夢見が悪くて眠れない日が続いたとかで、もう――こちらから連絡を入れたときには、無抵抗だったって。何より、夢枕に咲奈ちゃんたちのお母さんが立って、絶縁するまで許さないって言われたとかなんとか？　書類にサインした日に、ようやくぐっすり眠れて、野鳥も飛んでこなくなったってことで、泣きながらお礼の電話をかけてきたんだって。なんか、神がかってるよな」

「――だね」

瑛は心底から不思議がっていたが、蒼太からすれば「そりゃ、神様たちが下した罰だからね」となる。が、これに関しては、咲奈が立てた作戦が大当たりしているだけに、いまいちホッとできない。

ただ、それより何より度肝を抜かれたのは中央不動産とその会長の件だ。

「それにしても、一気に片付いたというか――。どちらも自滅してくれてよかったね。まさか、このタイミングで、中央不動産とフレンドマートに税務調査が入るとは思わなかったよ。特に例の会長は、個人運用していた株でも大損害を出したらしくて、再起不能だろうって話だ。なんかこう、俺まで神様は見てるんだなって気持ちになった」

「ですよね。今朝のニュース速報を見て、ビックリしました。どうりで、うちへのちょっかいがまったくなくなったわけだ。あれからチラシ投函さえ、いっさいないですし」

クマが報復処置として、呼び寄せた神様を派遣したんだろうことはわかっていても、どんな罰を当ててるのかまでは、想像ができなかった。

鴉が怒っていたので、野鳥の襲撃は間違いないかとは思っても、逆に野鳥狩りでもされたらと考えて、かえって心配になってもいた。

だが、鴉たちの報復は、ゴミやペンキを投げつけてきたバイク集団のみに向けられ、漏れなく豪糞攻撃でバイクを糞塗れにしたことは、クマ経由で教えてもらった。

それこそ実行犯たちは、一夜明けたらとんでもないことになっていて半狂乱になったらしいが、そこへ鴉に追いかけ回されて、おのおのハーフマラソン。最後は泣くかちびるかまで追い詰めてから、ようやく解放したとのことだ。

蒼太は的確なピンポイント攻撃に、拍手喝采《かっさい》だった。

同時に、鴉や野鳥の恨みだけは、決して買うまいと思ったが――。

それから屋上祠の供物のご飯と水は、更にたっぷりと提供している。

とはいえ、瑛や神処からの報告だけでは、気がかりが残った。

蒼太は、二人が帰ったところで、吉報をカエルたちにも伝えつつ、クマにいったい何をしたのかを改めて聞いてみることにした。

「――え⁉　あの会長のところに、貧乏神様を送り込んでいたんですか！」

想定外の答えだった。

「うむ。疫病神《やくびょうかみ》に頼むことも考えたんじゃがな。蒼太らが気に病む結果になっても、意味がない。そうしたら、こやつが一番適任かと思うてな～。ほっほっ」

どうやら怪我や病気も考えたようだが、そこは蒼太の性格を考慮してくれたようだ。

確かに、いくら罰が当たったのだとしても、命に関わるようなことは後味が悪い。

そうでなくても、両親のことがあっただけに。

それで、クマもこうした形での報復にしたのだろう。

もっとも、天罰に巻き込まれただろう社員たちからしたら、会長一人だけが倒れてて終わってくれるほうがありがたかったのかもしれないが、会社の脱税なら仕方がない。

「それで、貧乏神様だったんですね。でも、だとしたら、ミニカーは？」

クマが自分に気を遣ってくれたことは嬉しかったが、疑問は残った。

蒼太はカエルが持っていたミニカーをジッと見つめる。

「ここでお世話になっていたときは、この姿でやんした。本当は、もっと坊ちゃんと一緒に遊びたかったんですが、旦那さんが自宅で商売を始めたんで、身を引いたんでやんす。わての場合、なんでか手伝おうとすると全部裏目に出るみたいで――。かといって、住まわせてもらっていて、なんの手伝いもできないのは心苦しいんで」

さすがにミニカーに話しかけられるのは、カエルたちよりもインパクトが大きかった。

それより何より、移動に不自由はなくても、他に選択肢はなかったのか？　とは思ったが、当時の蒼太が好んで遊んでいたおもちゃは四つしかない。

貧乏神は、蒼太の子守に参加するために、自らこの姿を選んだのだろう。

そう考えると、自然に愛しさが込み上げる。

「そう……、だったんだ」

それでも、何をどう手伝ったら、税務調査が入って、株で大損するんだろうか？　とは、思ったが――。

「それで、今は神社にいるんでしたっけ？」

「へい。クマさんの伝手で、居候させてもらっているでやんす。あそこなら、わて一人が増えたところで、御利益が減るもんでもないんで。まあ、神主さんには、年々賽銭が減ってきたなぁ言うて、愚痴られるんでやんすがね～。そんな、一国を不景気にできるほどの力があったら、もっとデッカいところに祀られて、拝まれてますやん。そう考えたら、わてらみたいな弱小貧乏神より、一部の人間さんたちのほうが、よ～っぽど階級高い貧乏神ってことでやんす」

そんなことより、さらっとすごいことを言われて、蒼太は胸がズキンと痛んだ。

(――わ、笑えない。この国にとっては、一部の人間のほうが高位の貧乏神なんだ。ってか、その一部の人間って……。いや、突っ込むのはやめておこう)

いずれにしても、ミニカーは貧乏神なので、長居はしなかった。

その後はすぐに神社へ帰ってしまったこともあり、蒼太は動かなくなったミニカーを、再び机の上へ戻した。

「どうもありがとうございました」

そう言って掌を合わせ、感謝を込めて――。

エピローグ

冬休みも残りわずかになったところで、咲奈は冬期講習に通い、受験のラストスパートに入った。

（——絶対に第一志望の公立に受かる！　私が少しでも学費を浮かせないと。今のままだと確実に琉成に大金が飛ぶ！）

彼女のデスクのライトスタンドには、なぜか琉成の通知表が貼りつけられていた。

（ってか、あいつ！　運動神経と顔はいいかもしれないけど、それ以外はダメダメじゃないよ！　何が今回はいろいろショックで、よ。そもそも二学期期末考査は事故前だってえのっ！　こっちが落ち着いたら、絶対に勉強させてやるっ！）

終業式の当日は、ペンキ騒動でバタバタしていた。

しかし、その後蒼太が思い出したように「そうだ！　通知表を見ないと」と言いだしたことで、琉成の成績の偏りが小学校時代よりも大きくなっていたことが発覚した。

それが咲奈の危機感に火をつけ、勉強に駆り立てていたのだ。

こうなると、思春期のイライラどころではない。

だが、当の琉成はと言えば――。

「お～、よしよし。大分、うちの生活に慣れてきたな。ぴー」

「ぶぴっ」

子ブタに「撫でて～」とすり寄られながら、家事手伝いで洗濯物をたたんでいた。

咲奈が覚えている危機感など、どこ吹く風だ。

そして彼の目の前、リビングダイニングでは、

「だ・りゅ・ま・しゃ・ん・が・こりょんだ！」

湊斗がカエルや猫、クマに遊んでもらっていた。

「カエルたん！」

「うぉぉぉ～っ。やられた～っ」

振り向きざまに指をさされて、カエルが派手に転げ回った。

湊斗はこれを見て、おおはしゃぎだ。

「これだから、ロボットを壊しちゃうんですよ」

「カエルは丈夫そうで、何よりじゃな」

猫とクマには苦い思い出が甦っていたが、琉成からしたら「子守がいるって最高！」だ。

そして、一階の店舗では――。

「いらっしゃいませ〜。地元でも評判の、オリジナルデリが美味いコンビニは、こちらですよ〜」

「ホッカホッカのメンチカツに新商品のメンチコロッケ！　カリカリじゅっわっとジューシーな二種類の唐揚げも揚げたてですよ〜」

しばらくは連日シフトに入ることを宣言した江本が、ピンチヒッターを買って出くれた瑛と共に、今日も店を切り盛りしていた。

入れ替わり立ち替わり入ってくるお客たちに、ここぞとばかりにオリジナルデリを勧めていく。その中には、仕事帰りに立ち寄っただろう、元職場の先輩・戸高や瑛の父親、今入ってきたばかりの神処などもいる。

「気合いが入ってるね」

「あ、神処さん。お疲れ様です」

「江本くん、瑛くん、お疲れ様です。蒼太くんは裏のキッチン？」

店の盛況ぶりを確認しつつ、神処がバックヤードに視線を向けた。

「はい。今年は去年よりお客さんが入っているので、今だけでも普段の倍は売りたいって、頑張ってますよ。初見さんが忘れられない味にして、リピーターを狙いたいからって」

「そう。けど、バイトの募集のほうはどうなの？」

江本が明るく答えるが、神処はそっと肩を落とした。

「時期的に、まだちょっとって感じですかね。でも、冬休みが明けてからなら、多少はって思うんですけど」

「そうか――。まあ、私のほうでも、引き続き調整は頑張るから」

「はい。でも、休み中は俺も手伝えるし、咲奈ちゃんも高校へ入ったらバイト要員に挙手してるんで、どうにかなるとは思うんですけどね」

瑛もそっと声を落とした。

蒼太にとって、問題はまだまだ残っている。

店のこともそうだが、両親の死後に行う様々な手続きや、事故処理もそうだ。

特に旅行会社と事故を起こしたドライバーや、その勤め先である運送会社とは、水面下で揉めている。

蒼太自身からは離れたところでのやり取りになるが、すべてに決着がつくには、そして両親を亡くした心の傷が癒えるには、時間を要するだろう。

それはわかっているので、神処と瑛も頷き合う。

「ただいま、当店オリジナルのメンチコロッケが揚がりました！」

しかし、蒼太自身はどこまでも前向きで、今も揚げたてのメンチコロッケを入れたトレイを持って、バックヤードから現れた。

「お！　揚げたてだね。六個もらおうかな」

「俺は四個で」

「おじさん。あ！　戸高さん、来てくれたんですか！　ありがとうございます」

他の買い物を終えた時雨と戸高がこぞってレジ前へ来ると、蒼太の顔がいっそう明るくなる。

しかも、そこへ「ピンポーン」と扉の開閉音が鳴ると、若い男性が入ってきた。

「――すいません。表のバイト募集を見たんですけど、もう決まりましたか？」

「いいえ。まだ」

恐縮して声をかけてきた男性に、蒼太は両目を見開いた。

「そうしたら、面接のアポをお願いしてもいいですか？　履歴書を用意してきますので」

これには、神処と瑛、江本も顔を見合わせ「「「来た！」」」とグッとサインを出し合う。

「はい。では、お名前と連絡先。あと、面接希望の日時を伺ってもいいですか？」

「ありがとうございます。そうしたら――」

蒼太はメンチコロッケのトレイを江本に預けると、早速メモを取り出した。

新たに書き加えられるだろう蒼太のタスクメモやスケジュールには、希望の光が見え始めるのだった。

本作品は書き下ろしです

神様《かみさま》たちの拠《よ》り所《どころ》
—街角《まちかど》デリ美味《びみ》コンビニエンス—

2024年4月10日　初版発行

著　者　日向《ひゅうが》唯稀《ゆき》

発行所　株式会社　二見書房
東京都千代田区神田三崎町2-18-11
電　話　03(3515)2311[営業]
03(3515)2313[編集]
振替 00170−4−2639

印　刷　株式会社 堀内印刷所
製　本　株式会社 村上製本所

二見サラ文庫

本作品に関するご意見、ご感想などは
〒101-8405　東京都千代田区神田三崎町2-18-11
二見書房　サラ文庫編集部　まで

ISBN978-4-576-24011-4
https://www.futami.co.jp/sala/

二見サラ文庫

屋敷神様の縁結び

〜鎌倉暮らしふつうの日ごはん〜

瀬王みかる

イラスト＝ゆうこ

ちびっ子屋敷神様と鎌倉のお屋敷で、ハレの日膳から罪なお夜食まで、おいしい共同生活!?